बस इतना

बस इतना

कीर्तिकुमार सिंह

वाणी प्रकाशन

वाणी प्रकाशन

4695, 21-ए, दरियागंज, नयी दिल्ली 110 002

शाखा

अशोक राजपथ, पटना 800 004

फ़ोन : +91 11 23273167 फ़ैक्स : +91 11 23275710

www.vaniprakashan.in
vaniprakashan@gmail.com
sales@vaniprakashan.in

BAS ITNA
by Kirtikumar Singh

ISBN : 978-93-5229-603-3
Collection of Stories

प्रथम संस्करण

मूल्य : ₹ 395

सिटी प्रेस, दिल्ली-110 095 में मुद्रित

वाणी प्रकाशन का लोगो मक़बूल फ़िदा हुसेन की कूची से

त्वदीयं वस्तु श्रीदुर्गे तुभ्यमेव समर्पये

कुछ इधर उधर की

'**अधूरी दास्तान**,' '**एक टुकड़ा रोशनी**,' '**छोटी सी बात**' के बाद यह चौथा लघुकथा संग्रह '**बस इतना**' आप सभी के सामने प्रस्तुत है। आज के युग में लोगों के पास बस इतना ही समय है कि लोग लधुकथाएँ पढ़ सकें।हिन्दी में लघुकथा संग्रह बहुत ही कम हैं। प्रयास यही है कि लोगों की लघुकथा पढ़ने की भूख शांत कर सकूँ। ईश्वर यही करवा रहा है।

मेरा जीवन इस तरह से बीता है कि उसे अगर लिखा जाय तो पढ़कर उस पर लोगों को विश्वास नहीं होगा। मेरे अवगुणों ने मुझे हमेशा आगे बढ़ाया और मेरे सद्गुणों ने मेरे जीवन को बर्बाद कर दिया। मेरे सद्गुणों के कारण क्या हुआ, इस पर लिखने का अभी उचित समय नहीं है। अपने दुर्गुणों पर थोड़ी सी बात करता हूँ। बचपन में जब से थोड़ा सा जानने लायक हुआ, तभी से एक अवगुण यह रहा कि मैं अपने क्षेत्र में किसी को बर्दाश्त नहीं कर पाता था। इसका परिणाम यह हुआ कि मेरा चाहे जिस विद्यालय में नाम लिखा दिया जाता, कक्षा में हमेशा प्रथम मैं ही आता था। बस उतना ही पढ़ता था, जितने में मैं सबसे आगे रह सकूँ। खेलने-कूदने और खुराफात (शालीन खुराफात) में भी मेरी रुचि थी। नौंवी कक्षा में प्रवेश के लिए मैं गाँव से शहर आया। आठवीं कक्षा में कुछ महीने इलाहाबाद शहर में पढ़कर मैं गाँव भाग गया था। शहर की जेलखानेनुमा जिन्दगी मुझे पसन्द नहीं आयी। उस समय राजकीय इण्टरमीडिएट कॉलेज इलाहाबाद उत्तर प्रदेश का सबसे अच्छा विद्यालय माना जाता था। नौंवी कक्षा की प्रवेश परीक्षा में सर्वोच्च स्थान प्राप्त करते हुए मैंने राजकीय इण्टरमीडिएट कॉलेज इलाहाबाद में प्रवेश लिया। वहाँ तगड़े प्रतिद्वन्द्वी मिले। वहाँ भी मैं सबसे आगे हो गया। समस्याओं के एकदम अलग हटकर नये-नये समाधान खोजने में मुझे बचपन से महारत हासिल थी। प्रश्नों के उत्तर लिखने के मैंने ऐसे नये-नये तरीके खोज निकाले, जिनकी काट किसी के पास नहीं थी। अस्वस्थ न हुआ होता तो शायद मैंने

कई क्षेत्रों में उलट-पलट मचायी होती।

मेरा दूसरा अवगुण रहा क्रोध। किसी भी गलत बात को देखकर मुझे बचपन से ही बहुत भयानक क्रोध आता है। इस क्रोध ने साहित्य लेखन में मेरी बहुत मदद की। सामने वाले पर मुझे इतना गुस्सा आता है कि मेरे पास दो ही विकल्प होते हैं। या तो मैं उसे गोली से उड़ा दूँ या उस पर कहानी-कविता लिख दूँ। मैं दूसरा विकल्प चुनता हूँ। किसी के ऊपर कहानी-कविता लिख देने पर मेरा क्रोध एकदम शांत हो जाता है। मेरा आधा साहित्य मेरे क्रोध की उपज है। अगर मैं साहित्यकार न होता तो माफिया सरगना होता और पता नहीं कितने लोग मेरे हाथों मारे जा चुके होते। आज हमारे देश में सामान्य व्यक्ति को हर कदम पर परेशान किया जाता है। व्यक्ति अपना सही काम कराने के लिए एड़ी-चोटी का जोर लगाता है और उसे हर कदम पर दुत्कार और अपमान सहन करना पड़ता है। व्यक्ति अपमान, कुंठा, क्रोध के दुष्चक्र में ज़लालत झेलता पड़ा रहता है। गुस्से में आकर अगर वह किसी को गोली मार दे तो वह अपराधी घोषित हो जाता है और उसका जीवन बर्बाद हो जाता है। घर के बाहर किसी लड़की की आबरू लूटी जा रही हो या किसी निरपराध को मारा जा रहा हो सबसे अच्छे, सज्जन और निरपराध लोग वे हैं जो अपने घर की खिड़कियाँ तथा दरवाजे बन्द करके अपने घर के अन्दर हो जाते हैं।

मैं मौत से नहीं डरता और हर क्षण मरने के लिए तैयार रहता हूँ। मुझे अगर मुख्यमंत्री या प्रधानमंत्री पर गुस्सा आ जाय तो मैं उन पर भी लिखने में संकोच नहीं करता। पुरस्कार पाने के लालच में तथाकथित बड़े लोगों को तेल लगाना मेरी फितरत में नहीं है। इसी तरह साहित्य मठाधीशों के खिलाफ़ कहानियाँ-कविताएँ लिखने में भी मैं कोई संकोच नहीं करता। उन लोगों को देखकर मुझे बड़ा क्षोभ होता है, जो कुछ कविताएँ लिखकर मठाधीश साहित्यकारों की परिक्रमा करने लगते हैं जिससे जल्दी से जल्दी उन्हें प्रख्यात साहित्यकार घोषित कर दिया जाय। खैर...

अपने कुछ और दुर्गुणों के बारे में फिर कभी। जो कहते हैं कि क्रोध व्यक्ति का सबसे बड़ा दुर्गुण और शत्रु है, वे एक बार मेरी तरफ भी देख लें।

चैत्र नवरात्र 2016

कीर्ति कुमार सिंह
15/6, स्टैनली रोड, सिविल लाइंस,
इलाहाबाद-211001
चलभाष : 09415094253

अनुक्रम

ईश्वर की माया

अतुल का मन बहुत अशांत और उद्विग्न था। उसे विश्वास नहीं हो रहा था कि ऐसा हुआ है। लेकिन सूचना पुख्ता थी। वैसा हुआ था। उससे रहा नहीं गया तो वह अपने दर्शनशास्त्र पढ़ानेवाले गुरु जी के यहाँ चल दिया। दर्शनशास्त्र के गुरु जी में उसकी अपार श्रद्धा थी। जब वह परेशान होता था तो परामर्श लेने अपने दर्शनशास्त्र के गुरु जी के पास ही जाता था।

गुरु जी घर पर मिल गये। उसने उनके पैर छुए। गुरु जी ने उसे बैठने को कहा। पूछा, "कैसे आना हुआ?" अतुल ने कहा, "गुरु जी, मानसिक रूप से मैं बहुत परेशान और क्षुब्ध हूँ। इसीलिए आपका दर्शन करने चला आया।" "क्या समस्या है?" गुरुजी ने पूछा। अतुल बताने लगा, "गुरु जी अमन पिछले बीस साल से मेरा सबसे घनिष्ठ मित्र रहा है। मैं और वह हमेशा एक दूसरे के लिए जान देने के लिए तैयार रहते थे। हर दुःख और मुसीबत में मैंने उसका साथ दिया और उसने मेरा। वह मेरे प्रति इतना वफादार था कि मैं अपने से ज्यादा उस पर विश्वास करता था। लेकिन अचानक उसने मेरे साथ ऐसा विश्वासघात किया कि मैं विश्वास नहीं कर पा रहा हूँ। मेरी और रंजन की दुश्मनी चल रही है। उसका रंजन से कोई सम्बन्ध भी नहीं था। फिर भी वह अब चुपके-चुपके मेरे विरुद्ध रंजन की मदद कर रहा है। मेरे पास इस सम्बन्ध में पुख्ता सबूत हैं।"

गुरु जी ने कहा, "तुम्हें इस बात की तरफ ध्यान नहीं देना चाहिए कि अब वह तुम्हारा मित्र नहीं रहा। तुम्हें मन ही मन उसे इस बात के लिए धन्यवाद देना चाहिए कि उसने बीस साल तक तुम्हारा साथ

दिया। जीवन के सफर में एक व्यक्ति भी ऐसा नहीं मिलता जो प्रारम्भ से लेकर अन्त तक साथ दे। माँ-बाप शुरुआत में मिलते हैं तो बीच रास्ते में छोड़ जाते हैं। पत्नी या बच्चे भी शुरू से साथ नहीं होते। वे बीच रास्ते में मिल जाते हैं। इसलिए पूरे जीवन कोई साथ नहीं देता। मित्र या अन्य व्यक्ति भी कहीं पर मिल जाते हैं और कुछ दूर या काफी दूर तक साथ देते हैं। फिर वे अपना रास्ता बदल लेते हैं। जीवन के सफर में यदि कोई कुछ दूर तक साथ दे तो उतनी दूर तक साथ देने के लिए हमें उसका आभार मानना चाहिए। किसी से यह उम्मीद नहीं करनी चाहिए कि वह जीवन के अन्त तक साथ देगा।''

''लेकिन मनुष्य का यह व्यवहार कैसा? अमन अभी तक तो मेरा शुभचिन्तक था, अचानक मेरा बुरा क्यों सोचने लगा?'' गुरु जी हँसने लगे, ''मनुष्य का व्यवहार बहुत ही विचित्र होता है। यही ईश्वर की माया है। ईश्वर की माया संसार में सब कुछ नचाती रहती है। एक विशेष क्रिया होने पर एक मनुष्य हो सकता है निन्यानवे बार एक ही तरह से उस पर प्रतिक्रिया करे। परन्तु हो सकता है कि उसी क्रिया पर सौंवी बार वह दूसरी तरह से प्रतिक्रिया करे। इसीलिए एक कहावत है कि जब तक किसी आदमी के ताबूत में अन्तिम कील न ठोंक दी जाय, उसके बारे में अन्तिम राय नहीं बनानी चाहिए।''

अलग रिक्शेवाला

वारिधि शहर के सबसे धनी व्यक्ति थे तो सारंग सबसे यशस्वी। दोनों में पटती भी थी। एक दिन दोनों ने तय किया कि चलो रिक्शे से घूमा जाय।

उन्होंने एक रिक्शा रोका और उस पर बैठ गये। उन्होंने किराया भी नहीं तय किया। दोनों चल दिये। अचानक वारिधि ने रिक्शेवाले पूछा, "इस शहर का सबसे धनी आदमी कौन है, तुम्हें पता है?" रिक्शेवाले ने लापरवाही से कहा, "होगा कोई! मुझे क्या करना है!" वारिधि को बुरा लगा, "इस शहर में रिक्शा चलाते हो और तुम शहर के सबसे धनी आदमी को नहीं जानते? इस शहर के सबसे धनी आदमी हैं वारिधि, यानी की मैं, जो इस समय तुम्हारे रिक्शे पर बैठा हुआ है।" रिक्शेवाला चुप रहा।

कुछ देर बाद सारंग ने रिक्शेवाले से पूछा, "इस शहर का सबसे यशस्वी आदमी कौन है, तुम्हें पता है?" रिक्शेवाले ने फिर कंधे उचकाये, "होगा कोई! मुझे उससे क्या लेना देना है?" सारंग को भी बुरा लगा, "इस शहर के सबसे यशस्वी आदमी हैं सारंग, अर्थात् मैं! ...कुछ देश दुनिया की भी खबर रखा करो!"

कुछ देर में रिक्शेवाले ने दानों से पूछा, "इस शहर का सबसे पढ़ा-लिखा रिक्शा चलानेवाला कौन है, आप दोनों को पता है?" दोनों ने अनभिज्ञता जाहिर की। रिक्शेवाला ठहाका लगाकर हँस पड़ा, "जब आप लोगों को मेरे बारे में जानकारी नहीं है तो मैं आप लोगों के बारे में जानकारी क्यों रखूँ?" "क्या मतलब?" वारिधि ने पूछा। रिक्शेवाला बोला, "मैं एम.ए., पीएच.डी. हूँ। एम.ए. में मैंने टॉप

किया है। नेट और जे.आर.एफ. की परीक्षाएँ भी उत्तीर्ण कर चुका हूँ। आपके शहर में है कोई इतना काबिल रिक्शा चलानेवाला? आश्चर्य यह है कि आपको अपने शहर के ऐसे शख्स के बारे में कुछ नहीं पता है।'' वारिधि और सारंग अचकचा गये।

वारिधि ने पूछा, ''इतने पढ़े-लिखे होकर रिक्शा क्यों चलाते हो?'' रिक्शेवाले ने पलट कर पूछा, ''इतना अधिक पैसा होने पर भी आप फालतू का पैसा क्यों कमाते हैं?'' वारिधि बिगड़ गये, ''इस संसार में पैसे से बढ़कर कुछ नहीं है। आदमी के पास जितना अधिक पैसा रहता है, उतनी ही अधिक खुशियाँ रहती हैं।'' रिक्शेवाला हँसा, ''सारे शास्त्रों में अपरिग्रह का उपदेश दिया गया है। व्यक्ति को अनावश्यक संचय नहीं करना चाहिए। पैसों का भी नहीं। पैसा रहने से आप खुश हैं? पैसा न रहने पर भी मैं आपसे ज्यादा खुश हूँ। मुझे जितने पैसे की आवश्यकता है, उतना मैं रिक्शा चलाकर कमा लेता हूँ।''

सारंग ने पूछा, ''इतना पढ़-लिखकर तुम रिक्शा क्यों चलाते हो? कोई नौकरी क्यों नहीं की?'' ''मुझे निश्चित रूप से नौकरी मिल जाती। मैंने वह नौकरी नहीं की तो दूसरे को मिल गयी वह नौकरी। एक ढंग से किसी की खुशी के लिए मैंने अपनी नौकरी दान कर दी। रिक्शा चलाने से मुझे जो मिल जाता है, उससे मैं प्रसन्न हूँ। आप लोग भी सब कुछ दान कर सकते हैं?'' दोनों चुप।

दोनों रिक्शे से उतर गये। वारिधि ने जेब से सौ रुपये का नोट निकाला और रिक्शेवाले को देते हुए बोले, ''लो रख लो!'' रिक्शेवाला बोला, ''केवल तीस रुपया किराया हुआ। आप अपना सत्तर रुपये वापस ले लीजिए।'' वारिधि ने फिर कहा, ''अरे सारा रख लो!'' रिक्शेवाले ने वह सौ का नोट वारिधि को पकड़ाते हुए कहा, ''मेरी तरफ से मेरे तीस रुपये आप ही रख लीजिए।'' वारिधि भड़क गये, ''तुम्हारी इतनी हिम्मत? तुम मुझे तीस रुपये दान दे रहे हो?'' रिक्शेवाले ने शांत भाव से कहा, ''फिर आप मुझे सत्तर रुपये दान देने की कोशिश क्यों कर रहे हैं? मैं हराम की नहीं खाता।''

पचहत्तर प्रतिशत उपस्थिति की अनिवार्यता

सवितेश्वर ने विश्वविद्यालय के बी.ए. प्रथम वर्ष में प्रवेश लिया। प्रवेश के उपरान्त कक्षाएँ प्रारम्भ हो गयीं। सवितेश्वर बड़े मनोयोग से कक्षाएँ करने लगा। घर से काफी पढ़-लिख कर और तैयारी के साथ कक्षा में आता। अध्यापक कक्षा में जो कुछ पूछते, वह तुरंत खड़ा होकर जवाब देता। किसी प्रश्न का उत्तर भले पूरी कक्षा के लड़कों के पास न हो, सवितेश्वर के पास अवश्य उत्तर रहता था। कभी-कभी वह कक्षा में खड़ा होकर अध्यापक से ही कोई प्रश्न पूछ लेता। अध्यापक की खोपड़ी नाच जाती। प्रायः अध्यापक यही कहते कि ठीक है; कल कहीं से इस प्रश्न का उत्तर खोजूँगा, तब बताऊँगा। सारे अध्यापक और छात्र सवितेश्वर से बहुत प्रभावित थे। सवितेश्वर एक भी कक्षा में अनुपस्थित नहीं होता था।

अचानक सवितेश्वर विश्वविद्यालय से एकदम गायब हो गया। हर कक्षा में अनुपस्थित! हफ्तों बीत गये तो अध्यापकों को उसकी चिन्ता होने लगी। वे कक्षा के अन्य छात्रों से उसके बारे में पूछने लगे। किसी भी छात्र को सवितेश्वर का पता-ठिकाना नहीं मालूम था। उसके बारे में कोई कुछ भी बता पाने में असमर्थ था।

वार्षिक परीक्षाएँ पास आ गयीं। सवितेश्वर फिर विश्वविद्यालय मे प्रकट हो गया। विश्वविद्यालय में यह नियम था कि जिस भी छात्र की उपस्थिति पचहत्तर प्रतिशत से कम होती थी, उसे परीक्षा देने से रोक दिया जाता था। सवितेश्वर की साल भर में मुश्किल से दस प्रतिशत कक्षाओं में उपस्थिति थी। उसे भी परीक्षा देने से रोक दिया गया।

सवितेश्वर अपने सारे अध्यापकों से मिलकर उनके पैर पकड़ने

लगा। किसी भी तरह परीक्षा देने मिल जाय। विश्वविद्यालय के कुलपति को यह विशेषाधिकार प्राप्त था कि यदि किसी छात्र की उपस्थिति पचहत्तर प्रतिशत न हो, तब भी वे यदि चाहें तो उसे परीक्षा देने की अनुमति प्रदान कर सकते थे। अध्यापकों ने कुलपति से मिलकर उन्हें समझाया कि सवितेश्वर पढ़ने में अच्छा छात्र है। उसे परीक्षा देने की अनुमति प्रदान कर दीजिए। अध्यापको के कहने-सुनने पर बड़ी मुश्किल से माने कुलपति। उन्होंने सवितेश्वर को परीक्षा देने की अनुमति प्रदान कर दी।

परीक्षाएँ हो गयीं। परीक्षा का परिणाम भी आ गया। पूरे विश्वविद्यालय में बी.ए. प्रथम वर्ष में सवितेश्वर ने सर्वोच्च स्थान प्राप्त किया।

कुलपति को भी यह बात पता चली। उन्हें बड़ा आश्चर्य हुआ। उन्होंने सवितेश्वर को मिलने के लिए बुलाया।

कुलपति से मिलकर सवितेश्वर ने उनके पैर छुए। कुलपति ने उसे आशीर्वाद देकर बैठने के लिए कहा। उन्होंने पूछा, "तुम इतने अच्छे छात्र हो। आखिर तुम कक्षाएँ क्यों नहीं करते?" सवितेश्वर ने दोनों हाथ जोड़कर कहा, "सर, परीक्षा देने के लिए पचहत्तर प्रतिशत उपस्थिति की अनिवार्यता समाप्त कर दीजिए।" "क्यों?" कुलपति ने आश्चर्य से पूछा। उसने कहा, "सर! विश्वविद्यालय के अधिकांश अध्यापक ऐसे हैं, जिनकी कक्षा पढ़ना अपना समय बर्बाद करना है। मुझे ऐसी अशालीन भाषा का प्रयोग करना तो नहीं चाहिए लेकिन सर सच्चाई यही है कि विश्वविद्यालय के अधिकांश अध्यापक अच्छे छात्रों के स्तर के नहीं हैं।"

नेताओं का जनता-विचार

उस दिन देश की चार बड़ी पार्टी के हाईकमान चाय पर एक अनौपचारिक बैठक में आमंत्रित थे। पहली पार्टी के हाईकमान 'क' ने अपने घर पर यह चाय पार्टी दी थी। पार्टी में दूसरी पार्टी के हाईकमान 'ख', तीसरी पार्टी के हाईकमान 'ग' और चौथी पार्टी के हाईकमान 'घ' भी 'क' के साथ उपस्थित थे।

सार्वजनिक रूप में ये पार्टियाँ एक दूसरे की कट्टर विरोधी थीं और कोई किसी को बर्दाश्त करने के लिए तैयार नहीं था। उपस्थित चारों नेता एक दूसरे के विरुद्ध इतना जहर उगलते थे कि प्रतीत होता, आपस में मिलने पर ये एक-दूसरे को गोली मार देंगे। परन्तु अन्दरूनी सम्बन्ध यह चाय पार्टी थी। किसी को इसकी कानोंकान भनक नहीं थी।

चाय बेचारी का तो नाम था। वहाँ इतने तरह की वाय रखी हुई थी कि चाय बेचारी सकुचाती-सिमटी एक कोने में बैठी थी। हर तरह की वाय चारों नेताओं के पेट में जा रही थी। आपस में हँसी-ठट्ठा हो रहा था। अचानक बात जनता जनार्दन की तरफ मुड़ गयी। जनार्दन अर्थात् भगवान। 'क' ने कहा, "मीडियावाले ऐसा जनता-जनता छापते हैं जैसे जनता सर्वगुण सम्पन्न और सर्वज्ञ कोई चीज हो, जबकि जनता साली सबसे कमीनी चीज है। साली के लिए कलेजा निकालकर रख दो, लेकिन एहसान नहीं मानती। पता चला, अगले चुनाव में जनता ने हरा दिया।" 'ख' बोले, "यह तो आपने सोलहों आने सही बात कही। बड़े से बड़े अर्थशास्त्री, बड़े से बड़े रक्षा विशेषज्ञ, बड़े से बड़े विदेशनीतिज्ञ मिलकर देश के लिए नीतियाँ तैयार करते हैं, लेकिन चुनाव के समय देशभर के अँगूठाटेक, नकल मारकर ग्रेजुएट, पोस्टग्रेजुएट

बने और हलजोत सबसे बड़े विशेषज्ञ बन जाते हैं। पता चलता है, भगवान ने सारी बुद्धि जनता में ही डाल रखी है। कितना भी हाथ जोड़े सारे देश में दिन-रात घूमो, जनता मादर...हमें हरा ही देती है।'' 'ग' कहाँ पीछे रहने वाले थे, ''जनता ससुरी को दस-दस जूता मारा जाय तो अकल ठिकाने आ जाएगी। कमीनी जनता हमारे भ्रष्टचार की बात करती है। सांसद-विधायक बनने के पहले हमें सरकार कुछ देती है? उसके पहले से हम नेतागिरी करते रहते हैं। उस समय राजनीति में इधर-उधर से हमारे आका लोग हमारे लिए कुछ व्यवस्था न बनाएँ तो हम लोग भूखों मर जाएँ। सांसद, विधायक, मंत्री न रहने वाले नेता भीख माँगते हुए नज़र आयें। सांसदी और विधायकी कौन सा स्थायी पद है? उसमें हम चार पैसे इधर-उधर से कमायेंगे नहीं तो आगे चुनाव कैसे लड़ेंगे? चुनाव हार गये तो समाज में इज़्ज़त के साथ कैसे रहेंगे? हम हवाई चप्पल फटकारते हुए चलें? लोग कहें कि देखो भूतपूर्व मंत्री जी जा रहे हैं!'' 'घ' ने भी हाँ में हाँ मिलायी, ''मीडियावाले ऐसा जनता-जनता करते हैं, जैसे जनता ससुरी दूध की धुली हो! जनता भों...वाली खुद हर तरह का कुकर्म करे तो कोई बात नहीं, लेकिन हमसे अर्थात् किसी नेता से जरा सा कोई गलती हो जाय तो जनता चाहती है कि नेता को फाँसी पर लटका दिया जाय। सारे नेता फाँसी पर ही लटक जाएँगे तो देश कौन चलायेगा? यह बुड़बक जनता? फिर विदेशियों का कब्जा हो जाएगा। सब्सिडी पर सब्सिडी देते जाओ तो सब कुछ हराम का डकारती जाएगी जनता... तब ससुरी साँस नहीं लेगी...''

चारों नेताओं का जनता-विमर्श जारी था।

न्याय के रखवाले-1

कचहरी के पास एक आदमी ठेले पर केले लादे हुए चिल्ला रहा था, "चालीस रुपये दर्जन! चालीस रुपये दर्जन!"

एक वकील साहब पहुँच गये, "क्यों भाई? कैसे दे रहे हो केले?" फलवाला उत्साह से बोला, "चालीस रुपये दर्जन है साहब!" वकील साहब ने त्यौरियाँ चढ़ायीं, "केला कहीं चालीस रुपये दर्जन बिकता है? लोगों को लूट रहे हो? वह भी न्याय के मंदिर के पास?" "साहब बड़ी महँगाई है। कहीं भी पता कर लीजिए। केले का यही भाव है आजकल।" फलवाला बड़े मधुर स्वर में बोला। "ठीक है-ठीक है!" वकील साहब हल्का सा गुर्राये, "जरा छाँटकर आधा दर्जन बढ़िया केले दो।" फलवाला आधा दर्जन बढ़िया केले छाँटने लगा।

वकील साहब वहीं खड़े-खड़े केले खाने लगे। शायद काफी भूखे थे। कुछ ही देर में आधा दर्जन केले खा गये। फलवाला कुछ देर तक तो चुप रहा। आखिर उसका धैर्य जवाब दे गया, "साहब, केले के पैसे दे दीजिए।" वकील साहब ने उसे घूरा, "तू मुझसे पैसे माँग रहा है? जानता है हम कौन हैं? हम लोग न्याय के रखवाले हैं। तू न्याय के रखवालों से पैसा लेगा?" "साहब आप चाहे जो हों, लेकिन मैं एक गरीब आदमी हूँ। दिनभर फल बेचकर अपने परिवार का पेट भरता हूँ। लाइए दीजिए मेरे बीस रुपये।" फलवाला बोला। वकील साहब का पारा चढ़ गया, "साले, तू लात खाने पर उतारू है क्या? मैंने तुझे बताया कि हम न्याय के रखवाले हैं। हमसे पैसे माँगने की जुर्रत करेगा तो दस मुकदमे में फँसा दूँगा। जिन्दगी बर्बाद हो जाएगी। कमीना कहीं का!"

फलवाले को भी गुस्सा आ गया, "काली कोट पहनकर भीख माँग रहे हो और चले हो मुझे ताव दिखाने? जेब में पैसे न रहा करें तो मेरे ठेले से फल मत लिया करो।" "क्या कहा बे? मैं भिखारी हूँ? तेरी इतनी हिम्मत...।" वकील साहब चिल्लाये और लगे फलवाले को पीटने। लड़ाई-झगड़ा देखकर कई वकील इकट्ठा हो गये। बिना जाने कि बात क्या है, सारे वकील मिलकर लगे फलवाले को पीटने। संगठन में शक्ति है! वकील एकता जिन्दाबाद!

फलवाला मार खाते-खाते अधमरा हो गया और वहीं पर गिर गया। वकीलों ने ठेले पर से केले उठाने शुरू किये। किसी के हाथ एक दर्जन लगा, किसी के हाथ आधा दर्जन। ठेले पर के सारे केले समाप्त हो गये। बहुत सारे वकील जुट गये। "मारो साले को-मारो साले को।" चिल्लाते हुए। पुलिस भी आ पहुँची। वकीलों ने पुलिस से फलवाले की शिकायत की। न्याय के रखवालों अर्थात् माननीय अधिवक्ताओं की इज़्ज़त का प्रश्न था। फलवाले ने उन्हें कालीकोट वाला भिखारी कह दिया था। पुलिस फलवाले को पकड़ ले गयी। फलवाले का बेबस और असहाय ठेला वहीं खड़ा था। सारी घटना को देखकर वह समझ गया था कि न्याय का कोई रखवाला उसे भी उठा ले जाएगा।

न्याय के रखवाले-2

उस दिन उच्च न्यायालय के आस-पास का सारा माहौल अस्त-व्यस्त था। उच्च न्यायालय के वकीलों ने उच्च न्यायालय के चारों तरफ की सड़कों पर चक्का जाम कर दिया था। वे वाहनों में तोड़-फोड़ भी कर रहे थे। एक सरकारी बस को उन्होंने आग के हवाले कर दिया था। माननीय न्यायमूर्तिगण उच्च न्यायालय के अन्दर फँसे हुए थे। पुलिस भी दूर खड़ी तमाशा देख रही थी। पुलिस अधिकारियों की हिम्मत नहीं पड़ रही थी कि वे वकीलों के पास जाकर उनसे कुछ कहें या उन्हें समझाने-बुझाने की कोशिश करें। वकील बहुत ही आक्रोशित थे और उन्होंने एकदम रौद्र रूप धारण कर रखा था। न्यायमूर्तिगण भी अन्दर चुपचाप बैठे रहने में ही अपनी भलाई समझ रहे थे।

बहुत सारे मुवक्किल, जिनका आज मुकदमा लगा था, वे भी दूर खड़े तमाशा देख रहे थे। वे जान चुके थे कि अब आज उच्च न्यायालय में कोई कामकाज होने से रहा। बाहर के एक मुवक्किल ने एक स्थानीय मुवक्किल से पूछा, "भाई साहब, माजरा क्या है? वकील लोग इतने गुस्से में क्यों हैं?" स्थानीय मुवक्किल बताने लगा, "दरअसल आज रात में, शहर में उच्च न्यायालय के एक वकील की हत्या हो गयी। इसीलिए सारे वकील इतने गुस्से में हैं। वे हत्यारों की तुरंत गिरफ्तारी की माँग कर रहे हैं।" "हत्या क्यों हुई और किसने करवायी, कुछ पता चला?" बाहरी मुवक्किल ने पूछा। स्थानीय मुवक्किल आगे बताने लगा, "दरअसल वकील एक मकान में किराये पर रहता था। दस साल तक किरायेदार के रूप में रहने के बाद वकील ने मकान पर कब्जा कर लिया और मकान मालिक

के सारे सामान को घर के बाहर फेंककर उसे घर से निकाल दिया। मकान मालिक ने वकील के खिलाफ थाने में एफ.आई.आर. लिखवा दी। जवाब में किरायेदार वकील की तरफ से बहुत सारे वकील इकट्ठा हो गये और उन्होंने मकान मालिक के खिलाफ़ एफ.आई.आर. दर्ज करा दिया। मकान मालिक बारह साल से अपना मकान खाली कराने के लिए मुकदमा लड़ रहा था। मकान मालिक ने समझ लिया कि मुकदमा लड़ते-लड़ते उसकी जिन्दगी बीत जाएगी, लेकिन न्यायालय के माध्यम से वह कभी अपना मकान खाली नहीं करा पायेगा। इसीलिए आज रात में उसने वकील की हत्या कर दी और फरार हो गया।''

बाहरी मुवक्किल बोला, ''बड़ा अंधेर है। वकीलों ने तो एकदम गुंडागर्दी मचा रखी है। इन्हें कोई कुछ बोलनेवाला भी नहीं है।'' स्थानीय मुवक्किल ने कहा, ''ये न्याय के रखवाले हैं। इन्हें कोई कुछ नहीं बोल सकता। इनको देखकर पुलिस को भी साँप सूँघ जाता है। पुलिस इनके विरुद्ध तभी कुछ कर सकती है, जब शासन का आदेश हो। सत्तारूढ़ पार्टी वकीलों के खिलाफ कोई कार्रवाई करने का जोखिम नहीं उठा सकती, क्योंकि पूरे प्रदेश में वकीलों की संख्या बहुत ज्यादा है और उनके बहुत वोट हैं। चाहे सत्तारूढ़ पार्टी हो या विरोधी पार्टियाँ, वकीलों के खिलाफ़ कुछ नहीं बोलते, क्योंकि वकील न्याय के रखवाले हैं। अभी पिछले साल यहीं पर विश्वविद्यालय के छात्रों ने इसी तरह का उत्पात करने की कोशिश की थी। उच्च न्यायालय के सर्वोच्च न्यायाधीश ने राष्ट्रपति को फोन करके सेना बुलवा ली थी। प्रदेश की सरकार बड़ी मुश्किल से गिरते-गिरते बची थी। कोई और संगठन यहाँ उच्च न्यायालय के पास चक्काजाम करने की कोशिश करे तो न्यायाधीश लोग फौरन जिलाधिकारी और वरिष्ठ पुलिस अधीक्षक को तलब कर लेंगे। चक्काजाम करने वाले मिनटों में जेल के अन्दर कर दिये जाएँगे। लेकिन न्यायाधीशों के भाई-बन्धु ये वकील लोग चाहे जो करें कोई न्यायाधीश कुछ नहीं बोलता।'' बाहरी मुवक्किल मुस्कराया, ''यही सब समझकर तो मैं भी अपने बेटे को वकालत पढ़ा रहा हूँ।''

सरकार की समीक्षा बैठक

प्रदेश में एकदम नयी पार्टी की सरकार बनी। पार्टी के मुखिया मुख्यमंत्री की गद्दी पर आसीन हुए। राजनीतिक रूप से कई सालों से उन्होंने तपस्या की थी। मुख्यमंत्री बनते ही वे उस तपस्या का फल भोगने में व्यस्त हो गये। जगह-जगह स्वागत लेना, उद्घाटन करना, मुख्य अतिथि बनना उनकी दिनचर्या का अंग हो गया। मुख्यमंत्री बनने पर कितने उच्च स्तर की सुरा-सुंदरियों का भोग करने को मिलता है, यह उन्होंने मुख्यमंत्री बनकर जाना। जैसा कि होता है, शासन चलाने का काम प्रशासनिक अधिकारियों के जिम्मे था।

एक दिन मुख्यमंत्री ने प्रमुख सचिव से चर्चा की, "सचिव साहब, मेरे पास न जाने कहाँ से पाँच सौ रुपये का एक नकली नोट आ गया है।" "अच्छा?" प्रमुख सचिव ने आश्चर्य व्यक्त किया, "आप मुझे वह नोट दीजिए। मैं इस पर आवश्यक कार्रवाई करता हूँ।" मुख्यमंत्री ने पाँच सौ रुपये का नकली नोट उन्हें दे दिया।

प्रमुख सचिव ने अगले दिन सभी विभाग के मुख्य सचिवों की एक समीक्षा बैठक बुलायी। बैठक शुरू हुई। सभी सचिव इस बात की समीक्षा करने लगे कि पाँच सौ रुपये का नकली नोट माननीय मुख्यमंत्री तक कैसे पहुँचा? समीक्षा बैठक पाँच घंटे तक चली। नाश्ते और भोजन की भव्य व्यवस्था थी। समीक्षा बैठक का नेतृत्व कर रहे थे प्रमुख सचिव, प्रदेश शासन; जिन्हें मुख्यमंत्री ने पाँच सौ रुपये का नकली नोट दिया था। समीक्षा बैठक में न तो कोई ठोस निष्कर्ष निकलता है और न किसी समस्या का समाधान होता है। समीक्षा बैठक इसलिए होती है, जिससे अधिकारी बहुत गम्भीरता से काम करते हुए

दिखें। समीक्षा बैठक सम्पन्न हो गयी। लाखों रुपये फुँक गये।

अब जब भी मुख्यमंत्री प्रमुख सचिव से किसी समस्या पर चिन्ता व्यक्त करते, प्रमुख सचिव सभी विभाग के मुख्य सचिवों की समीक्षा बैठक बुला लेते। समीक्षा बैठक में कुछ देर तक उस विषय पर बात होती, जिसे मुख्यमंत्री ने उठाया होता। उसके बाद उसी बात की समीक्षा होने लगती कि आखिर पाँच सौ रुपये का नकली नोट मुख्यमंत्री तक पहुंच कैसे गया? गहन मंथन होता। सचिव लोग मामले को पूरा मथ डालते थे। उसी तरह जैसे मंदराचल पर्वत से देवताओं और दानवों ने समुद्र को मथ डाला था। अंत में उत्सव के माहौल में समीक्षा बैठक समाप्त हो जाती।

मुख्यमंत्री मुख्य अतिथि बनने में व्यस्त थे। वे बीच-बीच में प्रमुख सचिव से समीक्षा बैठकों के बारे में पूछते रहते। प्रमुख सचिव उन्हें तरह-तरह की बातें बताते रहते। इस बार की समीक्षा बैठक में यह तय किया गया है कि प्रदेश के विकास को पटरी पर लाने के लिए हमें ठोस योजनाएँ बनानी पड़ेंगी। इस बार की समीक्षा बैठक में यह तय किया गया है कि विकास का लाभ आखिरी आदमी तक पहुँचना चाहिए। इस बार की समीक्षा बैठक में में यह तय किया गया है कि प्रदेश सरकार विकास के जो काम कर रही है, उसकी जानकारी प्रदेश के हर व्यक्ति तक पहुँचायी जाय। मुख्यमंत्री संतुष्ट हो जाते। प्रदेश के विकास की गाड़ी पूरे रफ्तार के साथ दौड़ रही है।

धीरे-धीरे सरकार के पाँच साल पूरे हो गये। अगले चुनाव की घोषणा हो गयी और आदर्श चुनाव संहिता लागू हो गयी। प्रशासनिक अधिकारियों द्वारा बताये गये विकास कार्यों का मुख्यमंत्री चारों तरफ गुणगान करते घूम रहे थे। उधर प्रदेश के वरिष्ठ प्रशासनिक अधिकारियों ने पाँच साल का समय पाँच सौ रुपये के नकली नोट की समीक्षा करते हुए ही काट लिया।

मेरा भारत महान्

चितरंजन दास अमेरिका में पचीस वर्षों से रह रहे थे। वे वहाँ पढ़ने गये थे। पढ़ाई पूरी कर लेने के बाद उन्होंने वहीं पर एक कम्पनी खोल ली और बिजनेस करने लगे। अमेरिका में ही उन्होंने एक भारतीय लड़की से शादी कर ली और उनके दो बेटे भी हो गये।

अमेरिका में ठीक से जम जाने के बाद चितरंजन दास का देश प्रेम जोर मारने लगा। उन्होंने सोचा कि भारत चलकर, वहाँ पर एक घर बनवाता हूँ और वहाँ भी बिजनेस शुरू करता हूँ। काम जम गया तो मैं भारत में ही रहकर अपना उद्योग सम्हालूँगा। यहाँ अमेरिका का अपना सारा काम-काज बच्चों को सौंप दूँगा।

भारत में उनका एक छोटा भाई रहता था, जिससे उनका सम्पर्क बराबर बना हुआ था। छोटे भाई को सूचना देकर वे भारत आ गये। बीवी-बच्चों को अमेरिका में ही छोड़कर। भाई को उन्होंने अपनी योजना बतायी। भाई बहुत प्रसन्न हुआ। दोनों ने मिलकर घर बनवाने के लिए एक जमीन देखी और उसे चितरंजन दास ने अपने छोटे भाई के नाम खरीद लिया।

पहले तो चितरंजन दास का पसीना घर का नक्शा पास करवाने में ही छूट गया। हर कदम पर घूस। घूस तो अपनी जगह, रोज-रोज दौड़ना पड़ रहा था। घर बनने लगा। इधर घर बन रहा था, उधर चितरंजन दास को नाकों चने चबाने पड़ रहे थे। चाहे पानी का कनेक्शन लेना हो या बिजली का कनेक्शन। हर जगह रिश्वत पर रिश्वत। रिश्वत देने के बाद भी कोई सुनने वाला नहीं था। रोज सबके पास दौड़ो, सबसे हाथ जोड़कर घिघियाओ। दो साल में घर बनकर तैयार हुआ। दो

साल तक चितरंजन दास प्रायः भारत में ही जमे रहे। वे यह देखकर दंग रह गये कि यहाँ के लोग अक्सर एक न एक जंग में उलझे रहते हैं। वे एकदम से त्रस्त हो चुके थे।

उन्होंने अपने भाई से कहा, "यह घर तुम्हारे नाम बना है। तुम्हीं इस घर में रहो। मैं अमेरिका वापस जा रहा हूँ। मैं वहीं पर ठीक हूँ। मैं अमेरिका में पचीस साल रहा और पचीस सालों में वहाँ मुझे कहीं एक बार भी रिश्वत नहीं देनी पड़ी। भारत में तो रिश्वत देते-देते मेरी कमर टेढ़ी हो गयी। यहाँ तो ईमानदार लोगों की सारी कमाई रिश्वत देने में ही चली जाती होगी।" छोटा भाई बोला, "भैया आप अमेरिका वापस मत जाइए। यहीं पर रहिए। आप जानते नहीं, हमारा भारत महान् है।" चितरंजन दास बोले, "तुम सच कह रहे हो। मेरा भारत महान् है, लेकिन दूर रहने पर यह और ज्यादा महान् दिखता है। इसलिए मैं अमेरिका में ही रहूँगा। यहाँ पर तुम्हीं सम्हालो।"

भगवान की दुनिया में

मंदर स्वास्थ्य विभाग में अधिकारी थे। एक कनिष्ठ अधिकारी। स्वास्थ्य विभाग में एक बड़ा घोटाला जाँच एजेंसियों ने पकड़ा था। पाँच अरब का घोटाला। मंदर घोटाले के मुख्य अभियुक्त थे। उनके साथ पाँच-छः और कनिष्ठ अधिकारियों को दोषी पाया गया था। मंदर बहुत तनाव में चल रहे थे। जाँच की गति से पता चल रहा था कि उन्हें सारी जिन्दगी जेल में काटनी पड़ेगी। अखबारों में रोज थू-थू हो रही थी, सो अलग। समाज में भी वे किसी को मुँह दिखाने लायक नहीं बचे थे।

मंदर के एक मित्र थे, नीतीश। एक दिन वे मंदर का हाल-चाल लेने पहुँचे। उन्हें देखकर मंदर फूट-फूटकर रोने लगे। नीतीश ने उन्हें धीरज बँधाया। मंदर ने कहा, "नीतीश भाई! मैंने तय कर लिया है। अब मैं आत्महत्या कर लूँगा।" नीतीश ने उन्हें डाँटा, "कायरों जैसी बात मत करो। हालात से डटकर मुकाबला करो। आत्महत्या करना पाप है। ऐसा पाप करने के बारे में सोचो भी मत।" "मैं क्या करूँ नीतीश भाई। मेरा जीवन नरक से भी बदतर हो गया है। किसी के घर आने-जाने लायक नहीं रह गया हूँ। किसी से मिलने-जुलने लायक नहीं रह गया हूँ। जिन्दगी भर जेल में सड़ने का भय सता रहा है सो अलग। इतने तनाव में घुट-घुटकर जीना मेरे लिए संभव नहीं है।" मंदर रोते हुए बोले। नीतीश ने पूछा, "आखिर तुमने यह नौबत ही क्यों आने दी? इतना बड़ा गलत काम तुमने क्यों किया ?"

मंदर बताने लगे, "मेरा विश्वास करो नीतीश भाई। मैं इस घोटाले में शामिल नहीं हूँ। मेरे विभाग के सबसे वरिष्ठ अधिकारी ने सारा घोटाला किया है। वह करता यह था कि खुद किसी कागज पर

हस्ताक्षर नहीं करता था। सारे कागजों पर वह कनिष्ठ अधिकारियों से हस्ताक्षर करवाता था। खासकर मुझसे। जिन-जिन कनिष्ठ अधिकारियों ने हस्ताक्षर किया है, वही लोग इस घोटाले में फँसे हैं। हम लोग डर के मारे हस्ताक्षर करने से मना नहीं कर पाते थे। बड़े-बड़े अपराधियों से उसकी जान-पहचान है। वे सब उससे बराबर ऑफिस में मिलने के लिए आते रहते हैं। उसके कहे हुए कागज पर हस्ताक्षर न करने का मतलब है, अपनी जान से हाथ धोना।''

नीतीश गंभीर हो गये, ''तब तो आत्महत्या करके तुम बहुत ही गलत काम करने जा रहे हो। तुम्हारा वरिष्ठ अधिकारी इतना बदमाश है, मतलब उसके अत्याचार से बहुत सारे लोग पीड़ित होंगे। तुम्हारा कर्त्तव्य है कि पहले तुम किसी तरह उसको मार डालो। तुम्हारा यह काम भले ही गैर कानूनी होगा, लेकिन अनैतिक नहीं होगा। आगे जो लोग तुम्हारे अधिकारी के अत्याचार से पीड़ित होंगे, वे सब भी बच जाएँगे। जब तुम अपनी जान लेने पर उतारू हो गये हो तो पहले उस दुष्ट की जान लो। उसके खिलाफ कोई सबूत नहीं है, अतः वह बच जाएगा। लेकिन तुम्हें तो पता है कि वह बहुत बड़ा अपराधी है और इस प्रकरण में वही पूर्ण रूप से दोषी है। भगवान भी इस दुनिया में बार-बार दुष्टों को मारने के लिए ही आते हैं। इसलिए भगवान की दुनिया में वही करो जो खुद भगवान करते हैं।''

मंदर सहमत हो गये, ''मेरे पास लाइसेंसी रिवाल्वर है। मैं कल ही ऑफिस में जाकर अपने वरिष्ठ अधिकारी को मौत के घाट उतार दूँगा। अपनी आत्महत्या के बारे में बाद में सोचूँगा।''

विचित्र भलाई

नुक्कड़ पर चार मित्र खड़े होकर गप्पें लड़ा रहे थे। दीन-दुनिया से बेखबर। बगल में एक बाइक खड़ी हुई थी। चारों मित्रों में से किसी की नहीं थी वह। न जाने कौन उसे वहाँ खड़ी कर गया था।

अचानक वहाँ एक आदमी पहुँचा। एकदम बदहवास। वह हर तरफ कुछ खोज रहा था। चारों मित्र उसे उत्सुकता से देखने लगे। अचानक उसने चारों से पूछा, "आप लोगों को मोटरसाइकिल की कोई चाभी मिली है क्या?" चारों में से एक ने कहा, "नहीं, हमें तो कोई चाभी नहीं मिली है। तुम्हारी बाइक कहाँ है?" अजनबी ने कहा, "आप लोगों के पास जो बाइक खड़ी है, वह मेरी ही है। इसकी चाभी मुझसे कहीं गिर गयी। मिल ही नहीं रही है। अब मैं क्या करूँ?" एक मित्र ने समझाया, "चाभी अगर नहीं मिल रही है तो परेशान होने से कोई फायदा नहीं है। यहाँ से दो किलोमीटर दूर नेतराम चौराहे पर चाभी बनती है। ऐसा करिए कि आप एक रिक्शा ले आइए। आप रिक्शे पर बैठ जाइए। हम लोग आपकी बाइक रिक्शे पर लदवा देते हैं। आप बाइक पकड़कर रिक्शे पर कायदे से बैठ जाइए और नेतराम चौराहे पर ले जाकर इसकी चाभी बनवा लीजिए।"

आदमी एक रिक्शा लेकर आया। वह उस पर बैठ गया। चारों मित्रों ने ताकत लगाकर मोटरसाइकिल उठा ली और उसे रिक्शे पर लदवा दिया। अपरिचित ने चारों मित्रों को बहुत धन्यवाद दिया और रिक्शे पर मोटरसाइकिल लेकर चला गया।

चारों मित्र वहीं खड़े गपशप ही कर रहे थे। वे खुश थे कि उन्होंने किसी जरूरतमंद की मदद की। आधे घंटे बाद अचानक एक आदमी

वहाँ फिर आ गया। वह भी एकदम बदहवास था। चारों तरफ पलट-पलटकर वह कुछ खोज रहा था। एक मित्र ने पूछा "क्या खोज रहे हैं आप?" उसने कहा, "यहीं पर मैं अपनी बाइक खड़ी करके गया था। दिख ही नहीं रही है।" चारों मित्र एकदम से सकपका गये। एक ने हिम्मत करके बाइक का हुलिया वगैरह पूछना शुरू किया। अजनबी हूबहू वही सब बातें बताने लगा, जो अभी-अभी रिक्शे पर लदकर चली गयी मोटरसाइकिल से मेल खा रही थीं। चारों मित्र एक दूसरे का चेहरा देखने लगे। एक बाकी तीनों से फुसफुसाकर बोला, "भलाई इसी में है कि हम लोग धीरे से यहाँ से खिसक लें, अन्यथा चारों बहुत बुरी तरह फँसेंगे।" चारों मित्र एक-एक कर वहाँ से फूट लिये।

चयन प्रक्रिया

अनुग्रह एक अति प्रतिभाशाली व्यक्ति थे। उन्होंने हाईस्कूल और इंटरमीडिएट की परीक्षाओं में प्रदेश में सर्वोच्च स्थान प्राप्त किया था। बी.ए. और एम.ए. में उन्होंने अपने विश्वविद्यालय में रिकार्ड तोड़ते हुए सर्वोच्च स्थान प्राप्त किया। उनके घर के सभी सदस्य, सभी रिश्तेदार और इष्ट-मित्र उन पर दबाव डालने लगे कि वे आई.ए.एस. की परीक्षा दें और आई.ए.एस. बनें। देश में देवता का दर्जा प्राप्त दो ही प्राणी होते हैं-मंत्री और आई.ए.एस.।

अनुग्रह की रुचि पढ़ाई-लिखाई में थी, अतः उन्होंने सब का आग्रह ठुकरा दिया। वे किसी अच्छे विश्वविद्यालय में प्रोफेसर बनना चाहते थे। उन्होंने यू.जी.सी. की जे.आर.एफ. और नेट परीक्षाएँ दीं और उनमें उत्तीर्ण होकर पी.एच.डी. करने लगे। उन्होंने सोचा कि किसी विश्वविद्यालय में प्रोफेसर बनना उनके बाएँ हाथ का खेल है, क्योंकि उनके जैसी मेरिट के लड़के विश्वविद्यालयों को बड़ी मुश्किल से मिलते होंगे। उन्होंने पी.एच.डी. बड़े मन से की। उन्होंने बहुत ही उच्च स्तर का शोध ग्रंथ लिखा। पी.एच.डी. की डिग्री भी उन्हें प्राप्त हो गयी।

उन्होंने विभिन्न विश्वविद्यालयों में प्राध्यापक बनने के लिए आवेदन फॉर्म भरने शुरू किये। दर्जनों विश्वविद्यालयों में उन्होंने साक्षात्कार दिया, किन्तु कहीं भी उनकी नियुक्ति नहीं हुई। वे बड़े आश्चर्यचकित थे। हर जगह मेरिट में उनका नाम सबसे ऊपर रहता, लेकिन न जाने कैसे उनका साक्षात्कार गड़बड़ा जाता और उनका चयन न हो पाता। उन्हें अब आकर आटे-दाल का भाव पता चला। किसी मेधावी छात्र के लिए आई.ए.एस. बनना बड़ा आसान है, लेकिन किसी विश्वविद्यालय

में प्राध्यापक बनना टेढ़ी खीर है। राष्टपति, प्रधानमंत्री से लेकर आमजन तक सब इस बात का रोना रोते हैं कि हमारे देश के विश्वविद्यालयों में इस समय बहुत उच्च स्तर के प्राध्यापक नहीं हैं, लेकिन जब कोई बहुत योग्य व्यक्ति किसी विश्वविद्यालय में प्राध्यापक बनने चलता है तो उसे व्यवस्था या तो धकियाकर बाहर कर देती है या पागल बनाकर दर-ब-दर ठोकर खाने के लिए छोड़ देती है।

खैर, दस साल तक प्रयास करने के बाद अनुग्रह एक विश्वविद्यालय में नियुक्ति पा ही गये। दस साल तक उन्होंने इतना संघर्ष किया कि पढ़ाने का उनका सारा उत्साह मर गया। वे बस नौकरी किये जा रहे थे और अपना परिवार पाले जा रहे थे।

अनुग्रह कुछ दिनों बाद विभागाध्यक्ष बन गये। विभाग में एक पद खाली था। उस पद के लिए विज्ञापन हुआ। साक्षात्कार की तिथि काफी नज़दीक आ गयी। एक दिन विश्वविद्यालय के कुलपति ने उन्हें अपने कक्ष में बुलवाया।

अनुग्रह कुलपति के पास गये। कुलपति ने उनसे कहा, "आपके विभाग में एक प्राध्यापक का चयन होना है। मुख्यमंत्री जी का फोन आया था। मुख्यमंत्री जी के एक रिश्तेदार ने भी आवेदन किया है। मुख्यमंत्री जी का आदेश है कि हर हाल में उनके रिश्तेदार का ही चयन होना है...।" अनुग्रह ने उनकी बात काटते हुए कहा, "लेकिन सर, मैं तो यह चाहता हूँ कि जो सबसे योग्य अभ्यर्थी हो, उसका चयन किया जाय।" कुलपति बोले, "ये सब आदर्श की बातें छोड़िए और जो मैं कह रहा हूँ, उसे सुनिए। मैंने सारे आवेदन-पत्र देख लिए हैं। एक लड़का बहुत ही अच्छी मेरिट का है। उसे ही काटना है। ऐसे प्रश्नों का एक सेट तैयार कीजिए जिनके उत्तर कोई भी न दे सके। उस लड़के से वही सारे सवाल पूछिएगा। इसी तरह मुख्यमंत्री जी के रिश्तेदार को मैं एक दिन बुला लेता हूँ और आप उसे बता दीजिए कि आप उससे कौन-कौन से प्रश्न पूछेंगे। उन प्रश्नों के उत्तर भी उसे ठीक से रटा दीजिएगा।" "और अगर मैं ऐसा न करूँ तो?" अनुग्रह ने पूछा। "तो मुख्यमंत्री जी किसी न किसी आरोप में आपको

जेल भेजवा देंगे और आप जेल में सड़ते रहेंगे। आपके बीवी-बच्चे दाने-दाने के लिए मोहताज हो जाएँगे।'' कुलपति ने उत्तर दिया। अनुग्रह ने कुलपति की बात मान लेने में ही अपनी भलाई समझी। विश्वविद्यालयों की चयन-प्रक्रिया उनकी समझ में आ गयी।

प्रिय पाठक! आप कहानी के अंत से सहमत नहीं होंगे। आप चाहते होंगे कि मैं अनुग्रह से व्यवस्था के ख़िलाफ विद्रोह करा दूँ। माफ करिएगा! एक परिवार को उजाड़कर उसे दाने-दाने के लिए मोहताज करने का पाप मुझसे नहीं होगा। आपका स्वस्थ-समुचित मनोरंजन हो न हो!

पुलिस की माया

झम्पू बहुत दुःखी था। उसका पड़ोसी बिस्सू छः महीने में तीन बार जेल जा चुका था, वह भी एक-एक महीने के लिए। इन छः महीनों में थाने से झम्पू को एक बार भी जेल नहीं भेजा गया।

झम्पू और बिस्सू गाँव के बाहर बसी मजदूर बस्ती में रहते थे। यह बस्ती पुलिसवालों की बहुत खास थी और बस्ती में पुलिसवालों का बहुत आना-जाना था। बस्ती से चार किलोमीटर दूर थाना था। बस्ती में मजदूर यूँ तो मजदूरी करके गुजर-बसर करते थे, लेकिन उनके ऊपर पुलिस की भी कृपा रहती थी।

पूरे थाना-क्षेत्र के अन्दर बसने वाले छोटे-बड़े अपराधी थाने की ऊपरी कमाई के साधन थे। वे हर महीने अपने लिए निर्धारित एक निश्चित धनराशि अर्थात् 'महीना' थाने में पहुँचा देते थे। जवाब में पुलिस उनके खिलाफ कोई कार्रवाई नहीं करती थी। अपराधी अपराध करने के लिए स्वतंत्र थे। कोई बड़ा कांड हो जाने पर लीपापोती की जिम्मेदारी पुलिस की होती थी।

प्रश्न था कि फिर क्षेत्र में थाना किसलिए है? थाने के अच्छे काम दिखाने की जिम्मेदारी मजदूर बस्ती की थी। पुलिस अक्सर मीडिया को सूचना देती थी कि अवैध शराब बनाने के आरोप में या हीरोइन रखने के आरोप में या डकैती की योजना बनाते हुए—इतने लोगों को थाने की पुलिस ने गिरफ्तार किया है। अखबारों में पुलिस की वाहवाही छपती। शासन में भी उनका काम गुड-वर्क में दर्ज होता।

इन सब आरोपों में मजदूर बस्ती के चार-छः लोग महीने-दो महीने के लिए जेल में डाल दिये जाते। पुलिस और मजदूरों में यह

समझौता था कि जो-जो मजदूर जेल में रहेगा, उसे जेल के अन्दर दो वक्त नाश्ता और दो वक्त भरपेट भोजन मिलेगा। साथ में दस रुपये प्रतिदिन के हिसाब से जेल में रहवाई मिलेगी। यद्यपि एक दिन में दस रुपये का कोई मतलब नहीं था, फिर भी मजदूरों के लिए दस रुपये ही बहुत थे। नाश्ता, भोजन और इलाज तो मुफ्त में मिल ही जाता था। दस रुपया उनके लिए भत्ते का काम कर देता था।

झम्पू से रहा नहीं गया। वह उठकर थाने चल दिया। उसे थानाध्यक्ष मिल गये। वह उनका पैर पकड़कर रोने लगा। "क्या बात हो गयी झम्पू?" थानाध्यक्ष ने हँसते हुए पूछा। झम्पू दोनों हाथ जोड़कर दुःखभरी आवाज़ में बोला, "सरकार, छः महीने में मुझे एक बार भी जेल नहीं भेजा गया, जबकि मेरा पड़ोसी बिस्सू एक-एक महीने के लिए तीन बार जेल जा चुका। यह कहाँ का न्याय है सरकार?"

"क्या चाहते हो?"

"सरकार मुझको भी दो महीने के लिए जेल भेज दिया जाय!"

"ठीक है! कल एक पुड़िया गाँजा लेकर आ जाना। तुमको भी जेल भिजवा दूँगा।"

झम्पू धीरे से फुसफुसाया, "सरकार, मेरी लुगाई और चारों बेटों को भी जेल भेज दीजिए। जो रोज दस रुपये मिलते हैं, साठ रुपये रोज बनेगा। वह सारा पैसा आप ही रख लीजिएगा, बस मेरे पूरे परिवार को जेल भेज दीजिए।"

थानाध्यक्ष बोले, "ठीक है! सारे पैसे मेरे। कल एक पुड़िया गाँजा और पूरे परिवार को लेकर थाने पर आ जाना। मैं सबको जेल भिजवा दूँगा।"

नजराना

श्रीसंत रेलवे में बहुत बड़े अधिकारी थे। उनके घर पर एक सरकारी चपरासी काम करता था, रामबाबू। रामबाबू निहायत ही ईमानदार और मेहनती था। एक दिन रामबाबू श्रीसंत के सामने हाथ जोड़कर खड़ा हो गया, ''साहब! आपसे एक प्रार्थना है।'' ''बोलो, क्या बात है?'' श्रीसंत ने पूछा। रामबाबू बोला, ''साहब, विभाग में चपरासी का पद खाली है। मेरा एक बेटा बी.ए. पास है। आप मेरे बेटे को उस पद पर रख दीजिए। मैं जीवन भर आपका एहसान मानूँगा।'' ''ठीक है। एक दिन अपने बेटे को लाकर मुझसे मिला दो। मैं रख दूँगा तुम्हारे बेटे को चपरासी के पद पर।'' श्रीसंत ने कहा।

एक दिन रामबाबू अपने बेटे के साथ श्रीसंत के यहाँ आया, ''साहब, यही है मेरा बेटा। आपकी कृपा हो जाय तो इसके रोटी-पानी का जुगाड़ हो जाय।'' बेटे ने श्रीसंत के पैर छुए। श्रीसंत ने उससे काफी देर तक बात की। आश्वासन दिया, ''जाओ, निश्चिन्त रहो। समझ लो तुम्हारी नौकरी लग गयी।''

कुछ दिनों बाद रामबाबू एक दिन श्रीसंत के घर काम करने आया। श्रीसंत अखबार पढ़ रहे थे। उसने श्रीसंत की गोद में हजार रुपये के नोटों की तीन गड्डियाँ रख दीं। श्रीसंत घबरा गये, ''यह क्या है रामबाबू?'' रामबाबू हाथ जोड़कर बोला, ''साहब तीन लाख रुपये हैं। यह नजराना है सरकार! मेरे बेटे को चपरासी के पद पर रखने के लिए।'' श्रीसंत ने हड़बड़ाकर कहा, ''यह सब ले जाओ रामबाबू! मेरा विश्वास करो। मैं तुम्हारे बेटे को चपरासी के पद पर रख दूँगा। पैसा देने की कोई आवश्यकता नहीं है।'' रामबाबू ने निराश होकर

कहा, ''इसका मतलब यह हुआ साहब कि मेरे बेटे की नौकरी नहीं लगेगी।'' श्रीसंत ने देखा कि बिना पैसा दिये रामबाबू को विश्वास ही नहीं होगा कि उसके बेटे की नौकरी लगेगी। उन्होंने सोचा कि इसमें उसका कोई दोष नहीं है। जमाना ही ऐसा है। उन्होंने रामबाबू के पैसे रख लिये और तय किया कि जब इसके बेटे की नौकरी लग जाएगी तो इसका पैसा वापस कर दूँगा।

इतना नश्वर

महाविद्यालय सिर्फ स्नातक स्तर तक का था। वहाँ सिर्फ बी.ए., बी. एस.सी. और बी.काम. की पढ़ाई होती थी। जैसा कि उत्तर भारत में होता है, महाविद्यालय में पढ़ाई और नेतागिरी दोनों होती थी।

दिसम्बर का महीना आ गया था, लेकिन महाविद्यालय में अभी छात्रसंघ का चुनाव नहीं हुआ था। महाविद्यालय प्रशासन से चुनाव करवाने का आग्रह करते-करते छात्रनेता आजिज आ गये। अन्ततः उन्होंने महाविद्यालय में हड़ताल कर दी। हड़ताल लम्बी खिंचने लगी तो महाविद्यालय प्रशासन झुका। महाविद्यालय में छात्रसंघ चुनाव की घोषणा कर दी गयी।

बी.ए. तृतीय अर्थात् अन्तिम वर्ष में एक लड़का था, रंजीत। रंजीत एक सम्पन्न घर का लड़का था। इसके पहले उसने कभी नेतागिरी नहीं की थी परंतु खरबूजे को देखकर खरबूजा रंग बदलता है। वह भी छात्रसंघ अध्यक्ष के पद पर खड़ा हो गया।

चुनाव की तिथि जनवरी में थी। रंजीत ने खूब धुँआधार प्रचार शुरू किया। पोस्टर, बैनर और कारों के काफिले महाविद्यालय के चारों तरफ अट गये। रंजीत का चुनाव प्रचार चढ़ गया। महाविद्यालय में उसकी समाँ बन गयी। उसने पचीस-तीस लाख रुपये फूँक दिये। अन्ततः उसने अध्यक्ष पद का चुनाव जीत लिया।

चुनाव के बाद शुरू हुआ रंजीत का स्वप्रायोजित विजय-जलूस और अभिनन्दन का सिलसिला। खूब अभिनन्दन हुआ रंजीत का। प्रदेश सरकार के कुछ मंत्री तक आये उसके अभिनन्दन समारोह में । सारे अभिनन्दन समारोहों में बीसों लाख फुँके।

रंजीत सातवें आसमान पर था। अब वह महाविद्यालय बड़ी अकड़ से आता था। बीच-पच्चीस लड़के उसके पीछे-पीछे चलते थे। महाविद्यालय के प्राध्यापक और कर्मचारी भी उससे थोड़ा भय खाने लगे। उसे लगता था कि वह अब महाविद्यालय के प्राचार्य से भी बड़ी हस्ती हो गया।

मार्च-अप्रैल में महाविद्यालय की परीक्षाएँ हुईं। जून के अन्तिम सप्ताह तक परीक्षा परिणाम भी आ गया। रंजीत बी.ए. की परीक्षा पास होकर स्नातक हो गया।

अगस्त तक अगले सत्र की कक्षाएँ शुरू हो गयीं। महाविद्यालय का सारा प्रवेश कार्य पूरा हो चुका था। सितम्बर में एक दिन रंजीत कार से महाविद्यालय घूमने आया। उसे महाविद्यालय में अपना पिछले सत्र का दबदबा याद आ रहा था। उसे साथ दो लड़के और थे।

रंजीत दोनों लड़कों के साथ महाविद्यालय परिसर में इधर से उधर घूमने लगा। महाविद्यालय के लड़के उसे थोड़ा बहुत भाव तो दे रहे थे, लेकिन पुरानी वाली बात नहीं थी। अचानक उसे महाविद्यालय के प्राचार्य मिल गये। प्राचार्य ने उसे रोक लिया, "अपना परिचय-पत्र दिखाओ!" रंजीत को ताव आ गया, "कैसा परिचय-पत्र? मुझे पहचान नहीं रहे हैं? मैं छात्रसंघ का अध्यक्ष हूँ।" प्राचार्य बोले, "हो नहीं, थे! अब तुम इस महाविद्यालय के छात्र नहीं रहे। बिना किसी काम के महाविद्यालय परिसर में मत दिखायी पड़ा करो। बदमाशी करने की कोशिश करोगे तो मैं पुलिस बुला लूँगा।" रंजीत जैसे आसमान से जमीन पर आ गिरा। कुछ ही महीने के अंदर इतने सम्मान से ऐसा अपमान? इतने से दिनों की इतनी झूठी शान के लिए इतने पैसा फूँक दिया? उसने यह तो सुन रखा था कि इस संसार में सारी चीजें नश्वर होती हैं; लेकिन इतनी नश्वर होती हैं, उसे नहीं पता था।

दलित उत्पीड़न बनाम महिला उत्पीड़न

पाले और गदन का घर गाँव में अगल-बगल था। पाले अनुसूचित जाति का था जबकि गदन सवर्ण। दोनों में पटती नहीं थी। अदावत का कारण कुछ खास नहीं था। दोनों में पहली समस्या यह थी कि मैं बड़ी की तू बड़ी। दूसरी समस्या थी, पड़ोस की झार। हमरे पड़ोसी क माचा मरकइ, हमसे सहा न जाइ।

आदमी जब तक थाना और कचहरी के चक्कर में फँसता नहीं, तब तक उसे थाना और कचहरी बहुत सामान्य चीज लगते हैं। गरदन जब एक बार थाना और कचहरी के चक्कर में फँसती है, तब आटे-दाल का भाव पता चलता है।

पाले को इस बात का बड़ा घमंड था कि वह अनुसूचित जाति का है और जब चाहे तब गदन को दलित-उत्पीड़न के केस में फँसा सकता है। गदन की जिन्दगी बर्बाद हो जाएगी। यह बात पाले को मानसिक रूप से बहुत उकसाती थी और वह गदन के खिलाफ हमेशा आक्रामक रहता था। गदन भी इस बात को समझता था, लेकिन तू तू-मैं मैं होने पर पाले से दबना उसे मंजूर नहीं होता था।

एक बार पाले और गदन में जमकर झगड़ा हुआ। मारपीट तक तो नौबत नहीं पहुँची, लेकिन गाली-गलौज खूब हुआ। पाले पहुँच गया थाने। उसने गदन के विरुद्ध थाने में एक प्रार्थना पत्र दिया कि गदन ने उसे मारा-पीटा, जाति सूचक गालियाँ दीं और जान से मारने की धमकी दी। गदन की पत्नी को जैसे ही पता चला कि पाले थाने गया हुआ है, उसने भी अपने कपड़े वगैरह फाड़ लिये और थाने की ओर दौड़ी। गदन भी उसके पीछे-पीछे चल दिया। गदन की पत्नी ने

थाने में प्रार्थना पत्र दिया कि पाले ने घर में उसे अकेला पाकर उसके साथ बलात्कार का प्रयास किया और उसके कपड़े फाड़ डाले। शोर मचाने पर लोग आ गये और वह भाग गया। पुलिस ने पाले और गदन दोनों को थाने में बैठा लिया।

पुलिस की जाँच शुरु हुई। पाले और गदन, दोनों को पुलिस ने इत्मीनान से दुहना शुरू किया। पुलिस को दक्षिणा चढ़ाते-चढ़ाते दोनों के घरों के सारे गहने बिक गये। दोनों अपनी औकात में आ गये। दोनों ने पुलिस से रिरियाना शुरू कर दिया कि हम दोनों के बीच में समझौता हो जाएगा। पुलिस ने दोनों को झिड़क दिया, "दोनों पर काफी संगीन धाराएँ हैं। ऐसे कैसे समझौता हो जाएगा?"

रेलगाड़ी

छग्गनलाल अपनी राजनीतिक पार्टी के सर्वेसर्वा थे। इसीलिए उन्हें पार्टी का हाईकमान कहा जाता था। छग्गनलाल ने पार्टी को जमीन से खड़ा किया था। उन्होंने ही अपनी पार्टी की नींव रखी थी। शुरू में उनकी पार्टी का कोई नामलेवा नहीं था। छग्गनलाल ने इतना परिश्रम और संघर्ष किया कि धीरे-धीरे उनकी पार्टी राष्ट्रीय स्तर की एक सम्मानित पार्टी बन गयी। वे तीन बार अपने प्रदेश के मुख्यमंत्री भी रह लिये। केन्द्र सरकार में भी एक बार मंत्री रहे। इस समय पार्टी चालीस साल की हो चुकी थी।

पार्टी में छग्गनलाल के तीन-चार अति विश्वस्त लोग थे। वे लोग ही छग्गनलाल के आँख और कान थे। वे लोग हर जरूरी सूचना अपने हाईकमान तक पहुँचाते थे। छग्गनलाल भी उन लोगों से विचार-विमर्श करके ही कोई आवश्यक कदम उठाते थे।

जब भी पार्टी का कोई बहुत महत्वपूर्ण व्यक्ति पार्टी छोड़ देता तो छग्गनलाल के विश्वस्त बहुत चिन्तित हो जाते। वे छग्गनलाल को समझाते कि उस व्यक्ति को समझा-बुझाकर पार्टी छोड़ने से रोका जाय। छग्गनलाल पार्टी छोड़नेवालों की कोई परवाह नहीं करते थे। भले ही वह राजनीतिक रूप से कितना ही महत्वपूर्ण व्यक्ति हो। इस सम्बन्ध में वे अपने विश्वस्तों को एक ही जवाब देते, "कोई भी पार्टी एक रेलगाड़ी की तरह होती है। जब भी कोई स्टेशन आता है, कुछ लोग उस रेलगाड़ी से उतर जाते हैं और कुछ लोग उस पर चढ़ जाते हैं। रेलगाड़ी हर स्टेशन पर नये चढ़ने वाले यात्रियों का स्वागत करती है। कौन उतरकर चला गया इस पर वह ध्यान नहीं देती। उतरकर

जानेवाला भले ही कितना महत्वपूर्ण व्यक्ति हो। ऐसी ही हमारी भी पार्टी है। रोज कुछ लोग पार्टी में शामिल होते हैं, कुछ पार्टी छोड़कर चले जाते हैं। हमें नये शामिल होनेवालों का स्वागत करना चाहिए। जो पार्टी छोड़कर चले गये उनका दुःख मनाने की कोई आवश्यकता नहीं।''

छग्गनलाल के विश्वस्त लोग इस बात का कोई जवाब नहीं दे पाते थे।

लोकसभा का चुनाव आ गया। छग्गनलाल की पार्टी ने खूब जोर-शोर से प्रचार किया। छग्गनलाल ने भी ताकत झोंक दी और प्रचार में रात-दिन एक कर दिया। वे दिमाग में प्रधानमंत्री बनने का सपना पाले थे। उनके विश्वस्त भी इसी रणनीति पर काम कर रहे थे कि इस बार छग्गनलाल को प्रधानमंत्री बनाना है।

लोकसभा चुनाव का परिणाम आ गया। छग्गनलाल की पार्टी को पूरे देश में एक भी सीट नहीं मिली। खुद छग्गनलाल भी चुनाव हार गये। की दुःख जाने दुखिया या दुखिया की माँ। छग्गनलाल बहुत दुःखी थे। उनका दुःख कोई नहीं समझ सकता था। उनके एक विश्वस्त ने उन से पूछा, ''बाबूजी, अबकी बार तो रेलगाड़ी का इंजन ही पटरी से उतर गया। अब क्या होगा?''

जन्म से पहले मौत

सावन, शशिधर और मयूख-तीनों बहुत अच्छे मित्र थे। गाढ़ी मित्रता का कारण थी-कविता। तीनों मित्र भले ही शहर में अलग-अलग विभागों में नौकरी करते थे, लेकिन तीनों कवि थे। सड़क छाप कवि नहीं थे वे। बहुत उच्च स्तर के कवि थे। समानधर्मा होने के कारण वे एक-दूसरे को बहुत अच्छी तरह समझते थे। तीनों अपनी किसी नयी लिखी गयी कविता को पहले आपस में ही सुनाते-सुनते थे।

तीनों मित्रों ने एक बार तय किया कि कविता के लिए कोई पुरस्कार शुरू किया जाय। सावन ने प्रस्ताव रखा, "हर साल एक अत्यन्त उत्कृष्ट कविता संग्रह पर पुरस्कार दिया जाय। पुरस्कार की राशि कम से कम पाँच लाख रुपये रखी जाय। पुरस्कार की राशि बड़ी रहेगी तो पुरस्कार बड़ी जल्दी राष्ट्रीय स्तर पर चर्चित हो जाएगा। परन्तु समस्या यह है कि इतने पैसों की व्यवस्था कहाँ से होगी?" शशिधर बड़े गर्व से बोले, "पैसे की व्यवस्था हो जाएगी। कई कम्पनियों के मालिक मेरे मित्र हैं। सबसे चन्दा लेकर पुरस्कार के लिए एक ट्रस्ट बना दिया जाएगा। सारा पैसा उस ट्रस्ट के खाते में जमा हो जाएगा। उस पैसे के ब्याज से पुरस्कार की भी व्यवस्था हो जाएगी और पुरस्कार प्रदान करने के लिए जो अन्य इंतजाम करने पड़ेंगे, उसका भी खर्च सम्हल जाएगा। जब सोच लिया गया है तो पुरस्कार शुरू ही कर दिया जाय।" मयूख ने कहा, "हम लोग पुरस्कार शुरू कर रहे हैं, सो तो ठीक है, लेकिन पुरस्कार में एक बात का बहुत ही कड़ाई से पालन सुनिश्चित किया जाएगा। पुरस्कार पूरी निष्पक्षता से दिया जाएगा। किसी की भी सिफारिश स्वीकार नहीं की जाएगी। जो व्यक्ति पुरस्कार पाने के लिए

सिफारिश करेगा या करवायेगा, उसे तो किसी कीमत पर पुरस्कार नहीं दिया जाएगा। हमें ऐसा हर हाल में करना होगा, जिससे पुरस्कार की साख पर कोई आँच न आने पाये।''

तीनों मित्र मिलकर पुरस्कार पर जोर-शोर से काम करने लगे। चारों तरफ पुरस्कार का प्रचार भी करने लगे। बात धीरे-धीरे फैलने लगी।

शहर में ही केन्द्रीय अन्वेषण ब्यूरो अर्थात् सी.बी.आई. के एक बहुत बड़े अधिकारी रहते थे। वे भी कविताएँ लिखते थे। कविताएँ तो वे निहायत ही दो कौड़ी की लिखते थे, लेकिन देश का हर बड़ा प्रकाशक ससम्मान उनके कविता संग्रह छापता था और हर बड़ा आलोचक भयवश उन्हें महाकवि स्वीकार करता था। उड़ते-उड़ते पुरस्कार की बात उन तक भी पहुँच गयी। फिर क्या था! एक दिन उन्होंने तीनों मित्रों को पकड़ लिया।

उनके मन्तव्य से अनजान, तीनों मित्र उनसे बड़ी गर्मजोशी से मिले। कुछ देर में उन्होंने तीनों मित्रों से अपने मन की बात कह ही दी, ''सुना है, आप लोग कविता पर पाँच लाख रुपये का एक पुरस्कार शुरू करने जा रहे हैं? आप लोग तो जानते ही हैं कि मैं कितना बड़ा कवि हूँ? मेरे कई कविता संग्रह छप चुके हैं। पहली बार यह पुरस्कार मुझे ही मिलना चाहिए।'' तीनों मित्रों को साँप सूँघ गया। उनके कवित्व की असलियत तीनों मित्र भलीभाँति जानते थे, लेकिन किसी की हिम्मत नहीं थी कि उन्हें मना करे। कौन माई का लाल देश के सौ-पचास कानूनों को नहीं तोड़ता? मयूख बोले, ''क्यों नहीं, क्यों नहीं? आप जैसे लोग ही तो इस पुरस्कार के असली हकदार हैं। हम लोग पहली बार आपको ही पुरस्कृत करेंगे।''

उनके चले जाने के बाद तीनों मित्रों ने तय किया कि पुरस्कार देना तो बहुत ही खतरनाक काम है। भलाई इसी में है कि पुरस्कार को शुरू ही न किया जाय।

भगवान की बदमाशी

पैकू और चिलरू दोनों सगे भाई थे। अपने गाँव में एक ही घर में रहते थे। काम-भर की खेती-बाड़ी थी। दोनों बड़े मेहनती थे। अपने खेतों से इतना पैदा कर लेते थे कि गृहस्थी की गाड़ी खिंच जाती थी। दोनों भाइयों का शादी ब्याह हो चुका था। पैकू बड़ा था और चिलरू छोटा। पैकू के दो बेटे और एक बेटी थी, जबकि चिलरू के दो बेटे ही थे।

दोनों भाइयों में आपसी समझ-बूझ बहुत अच्छी थी। दोनों की लुगाइयाँ उन्हें अलगौझी करने के लिए भड़काती रहती थीं, लेकिन दोनों भाई बीवियों के झाँसे में नहीं आते थे। दोनों की बीवियाँ आपस में चाहे जितना टिन्न-पुन्न करें, दोनों भाई कभी झगड़ा नहीं करते थे। दोनों अच्छी तरह समझते थे कि अगर खेतों का बँटवारा हो गया और अलग-अलग काम करना पड़ा तो मजदूर रखने पड़ेंगे और अगर मजदूर रखने पड़े तो आधी फसल ही घर में आयेगी। फिर तो चल चुकी गृहस्थी की गाड़ी।

दोनों भाइयों को एक ही टीस थी। दोनों भाइयों ने स्कूल का मुँह नहीं देखा था और उनके लिए काला अक्षर भैंस बराबर था। उनके अन्दर एक हौंस थी कि उनके बच्चे ठीक से पढ़ाई-लिखाई करें। वे बच्चों को खेती-बाड़ी के झंझट में ज्यादा नहीं फँसाते थे और उन्हें पढ़ने-लिखने के लिए बराबर हड़काते रहते थे।

पैकू का बड़ा बेटा इस साल हाईस्कूल में पहुँच गया था। हाईस्कूल की परीक्षा बोर्ड से होती थी। घर में पहली बार कोई बोर्ड की परीक्षा देने जा रहा था। दोनों भाई दिल की पूरी गहराई से चाह रहे थे कि बेटा बोर्ड की परीक्षा प्रथम श्रेणी में पास हो।

एक दिन दोनों भाई इसी बात पर विचार-विमर्श कर रहे थे। पैकू बोला, ''चिलरू, अगर तुम कहो तो मैं भगवान को मन्नत मान दूँ।'' चिलरू ने कहा, ''भैया, भगवान के काम में आगा-पीछा नहीं सोचना चाहिए। जब तुम्हारे मन में बात आ गयी है, तो मान दो मन्नत।'' पैकू ने दोनों हाथ जोड़कर आँखें बन्द कर लीं, ''हे भगवान! अगर मेरा बेटा प्रथम श्रेणी में पास हो गया तो मैं तुम्हें एक किलो मिठाई चढ़ाऊँगा।''

कुछ दिनों बाद पैकू के बेटे की परीक्षाएँ हो गयीं। घर में सब बेसब्री से परीक्षा के परिणाम का इंतज़ार करने लगे। आखिरकार आ गया परीक्षा का परिणाम। पैकू का बेटा पास तो हो गया, लेकिन द्वितीय श्रेणी में। प्रथम श्रेणी में उत्तीर्ण होने का ख्वाब पूरा नहीं हो पाया। घर में लोग बेटे के पास हो जाने पर थोड़ा सा खुश थे, तो प्रथम श्रेणी में न पास होने के कारण थोड़ा सा दुःखी।

एक दिन पैकू ने चिलरू से कहा, ''चिलरू, मैं सोच रहा हूँ कि भगवान को एक किलो मिठाई चढ़ा दूँ। मैंने मन्नत मानी थी।'' चिलरू बोला, ''लेकिन मन् नत पूरी कहाँ हुई! तुमने तो मन्नत मानी थी कि अगर बेटा प्रथम श्रेणी में पास होगा तो तुम भगवान को एक किलो मिठाई चढ़ाओगे।'' ''तो क्या हुआ?'' पैकू समझाने लगा, ''प्रथम श्रेणी में न सही द्वितीय श्रेणी में ही सही, पास तो हो गया।'' चिलरू भड़क गया, ''हमारी मन्नत पूरी नहीं हुई। मैं तुम्हें किसी कीमत पर मिठाई नहीं चढ़ाने दूँगा। ...इस तरह तो भगवान की आदत ख़राब हो जाएगी। वे सोच लेंगे कि हम दोनों एकदम मूर्ख आदमी हैं। वे हमारा काम करें चाहे न करें। हम दोनों तो उन्हें मिठाई चढ़ायेंगे ही। फिर तो वे लापरवाह हो जाएँगे और हमारा कोई काम नहीं करेंगे। इसलिए मिठाई तो किसी कीमत पर नहीं चढ़ानी है। भइया तुम भी इतने सीधे हो। जानते नहीं हो कि जमाना कितना ख़राब हो गया है!''

बेटा किसलिए

हनुमान जी का एक प्रसिद्ध मंदिर था। दूर-दूर से लोग उस मंदिर में हनुमान जी का दर्शन करने आते थे। उस मंदिर के बारे में एक विशेष बात आम लोगों में प्रचलित थी। लोगों की मान्यता थी कि जिस व्यक्ति के बेटा न रहे, वह अपने घर में बेटा पैदा होने की मन्नत मान सकता है। हनुमान जी की कृपा से उसके घर में बेटा ज़रूर पैदा होगा। लेकिन एक शर्त थी कि बेटा होने के बाद व्यक्ति को मंदिर में निशान लाकर चढ़ाना पड़ेगा। निशान चढ़ाने पर ही बेटा आगे कुशलपूर्वक रहेगा।

लोगों में इस जनश्रुति के प्रति बड़ी आस्था थी। मंदिर के पुजारी पण्डित जालपादीन लोगों को बड़े उत्साह से तरह-तरह की कथाएँ सुनाते थे इस बारे में। उसका यह प्रभाव था कि मंदिर में बेटा पाने के लिए मन्नत माननेवालों का ताँता लगा रहता। दूसरी ओर मंदिर में निशान चढ़ाने वालों का भी ताँता लगा रहता था। बाजे-गाजे और नाच-गाने के साथ तमाम टोलियाँ निशान उठाये मंदिर की ओर बढ़ती नज़र आतीं।

मंदिर से थोड़ी दूर, एक साधारण साधु कुटिया बनाकर रहते थे। मंदिर में आने वाले उन्हें भी कुछ दान-दक्षिणा दे देते थे, जिससे उनका गुजर-बसर हो जाता था। मंदिर के पुजारी जालपादीन से उनके अच्छे सम्बन्ध थे। उनकी कुछ मदद जालपादीन भी कर दिया करते थे। वे साधु यह देखकर बहुत व्यथित होते कि हर आदमी हनुमान जी से बेटा ही माँगता है। कोई अपने घर में बेटी पैदा होने के लिए मन्नत नहीं माँगता।

एक दिन रात में वे साधु जालपादीन के साथ बैठे हुए थे। मन्दिर

में एकदम सन्नाटा हो चुका था और जालपादीन ने मन्दिर का दरवाजा बन्द कर, उसमें ताला लगा दिया था। साधु जालपादीन से अपनी व्यथा कहने लगे, "पण्डित जी मुझे यह देखकर बड़ा दुःख होता है कि हर आदमी इस मन्दिर में बेटा पैदा होने के लिए ही मन्नत मानता है। बेटी पैदा होने के लिए कोई मन्नत नहीं मानता। बेटियाँ नहीं रहेंगी तो यह सृष्टि कैसे चलेगी?" जालपादीन हँसने लगे, "अरे महात्मा! आप रह गये मूरख के मूरख। बेटियाँ पैदा करने के लिए मन्नत नहीं माननी पड़ती। वे तो अपने आप पैदा हो जाती हैं। बेटों को पैदा करने के लिए मन्नत माननी पड़ती है। वैसे हमारे यहाँ इज़्ज़त लड़कियों की ही ज्यादा है। किसी के घर जब बेटी पैदा होती है तो लोग कहते हैं कि लक्ष्मी आयीं। किसी के घर अगर बेटा पैदा होता है तो कोई यह नहीं कहता कि विष्णु भगवान आये। यह दूसरी बात है कि बेटा पैदा होने पर लोगों की खुशी की कोई सीमा नहीं रहती। उसका कारण यह है कि लोग सोचते हैं कि घर का नौकर आ गया। थोड़ा सा बड़ा होकर यह आटा पिसायेगा, बिजली खराब होने पर बिजली का मिस्त्री पकड़कर लायेगा और बिजली ठीक करायेगा, नल सम्बन्धी कोई समस्या आने पर प्लम्बर ले आयेगा, लकड़ी का कोई काम पड़ने पर जाकर बढ़ई ले आयेगा और काम करायेगा, दुकान पर जाकर रोजना के घरेलू सामान लायेगा, सब्जी खरीदकर लायेगा, दूध वाले के यहाँ से दूध लायेगा इत्यादि-इत्यादि। दुनिया बड़ी मतलबी है। बेटा पैदा होने पर लोग इसलिए नहीं खुश होते कि उसके पंख लगे होते हैं। लोग इसलिए खुश होते हैं कि आ गया हमारा नौकर!"

फंगस बनाम भृकुटी

राप्ती बहुत पढ़ी-लिखी लड़की थी। प्रथम श्रेणी में एम.एस.सी. करके उसने पीएच.डी. में दाखिला ले लिया था। इसी बीच उसकी शादी तय हो गयी।

उसकी शादी गाँव में हुई। लड़का गाँव में ही इण्टरमीडिएट कॉलेज में लेक्चरर था। लड़के की अपने गाँव में ही पक्की नौकरी थी, यही देखकर राप्ती के घरवालों ने उसकी शादी तय कर दी।

शादी होकर राप्ती अपनी ससुराल पहुँच गयी। गाँव क्या था, धुर देहात था। वहाँ पर अपने को समायोजित करने में राप्ती को बहुत दिक्कत हो रही थी। ससुर ने राप्ती की पढ़ाई छुड़वा दी। उनके घर में लड़कियों का नौकरी करना परिवार की शान के खिलाफ था और राप्ती ने जितनी पढ़ाई कर ली थी, उतना घर-परिवार चलाने के लिए पर्याप्त था। राप्ती ने ससुर के आगे बहुत हाथ-पैर जोड़े कि मुझे पीएच. डी. पूरी कर लेने दीजिए, लेकिन उन्होंने एक नहीं सुनी। पति को हमेशा अपने गाँव में ही नौकरी करनी थी, अतः उस घर और गाँव से मुक्ति की उम्मीद भी नहीं थी।

एक दिन राप्ती मर्तबान में आम का अचार देख रही थी। वह मर्तबान लेकर अपनी सास और ननद के पास पहुँच गयी, "मम्मी देखिए तो जरा! अचार में फंगस लग गया है। ननद गाँव के पास स्थित एक महाविद्यालय में बी.ए. में पढ़ रही थी। सास तो सास, उसे भी नहीं पता था कि फंगस क्या होता है! दोनों राप्ती का मुँह ताकने लगीं। सास ने पूछा, "यह फंगस क्या होता है?" राप्ती ने बड़ी मासूमियत से कहा, "फंगस अर्थात् फफूँद। आम के आचार में फफूँद लग गया

है।'' ननद ने मर्तबान में झाँक कर देखा और ठहाका लगाकर हँसने लगी, ''अम्मा अचार में भुकुड़ी लग गयी है...फंगस...हा हा हा... फंगस...हा हा हा...भुकुड़ी अब फंगस हो गयी...हा हा हा...वाह फंगस वाह...हमारे घर में फंगस आ गया...हा हा हा...फंगस...'' सास भी हँसने लगी। वह भी फंगस फंगस करके बहू का मजाक उड़ाने लगी।

फिर तो सास और ननद महीनों फंगस फंगस करके राप्ती का मजाक उड़ाते रहे। राप्ती को पता नहीं था कि यहाँ गाँव में फंगस या फफूँद को भुकुड़ी कहते हैं। अब जान गयी वह। महीने भर वह लज्जित और सहमी रही।

ननद ने एम.ए. कर लिया तो उसकी भी शादी तय कर दी गयी। लड़का पुणे में एक बहुत बड़ी कम्पनी में साफ्टवेयर इंजीनियर था। शादी हो गयी तो ननद भी अपनी ससुराल चली गयी।

ननद की शादी के पाँच साल हो गये। बीच-बीच में वह मायके आती रहती थी। अब वह पहचान में ही नहीं आती थी। किसी तरफ से लगती ही नहीं थी कि वह किसी गाँव में पैदा हुई और पली-बढ़ी है। उधर राप्ती गाँव में रहते-रहते लगभग देहाती हो चुकी थी।

एक बार ननद मायके आयी हुई थी। राप्ती उसकी सेवा में लगी हुई थी। एक दिन राप्ती अचार का मर्तबान लेकर सास के पास पहुँची। सास के पास ननद भी बैठी हुई थी। सास को मर्तबान दिखाती हुई राप्ती बोली, ''मम्मी, अचार में तो भुकुड़ी लग गयी है।'' ननद ठठाकर हँस पड़ी ''क्या भाभी! तुम पढ़ी-लिखी होकर भी फंगस को भुकुड़ी कह रही हो? भुकुड़ी...हा हा हा...भुकुड़ी...हा हा हा...क्या शब्द है...हा हा हा...''

गौरैया में कैरियर

स्नेहा बला की सुंदर महिला/लड़की थीं। उम्र पचीस के आसपास थी, इसलिए उन्हें लड़की कहा जा सकता था। हमेशा बहुत बड़े लोगों की महफिल में रहती थीं, इसलिए महिला भी कहा जा सकता था।

स्नेहा शहर की हर वी.आई.पी. महफिल की शान थीं। लखनऊ और दिल्ली चले गये बड़े-बड़े लोग भी स्नेहा के लिए शहर के बार-बार चक्कर लगाते रहते थे। जैसे उड़ि जहाज को पंछी पुनि जहाज पे आवै। उनके साथ घंटे-दो घंटे गपशप करके और उनके हाथ हमबिस्तर होकर बड़े-बड़े लोग अपने को धन्य समझते थे। स्नेहा ऐसा बिन्दु थीं, जहाँ हर पार्टी के बड़े-बड़े नेताओं के आपसी मतभेद समाप्त हो जाते थे और सबकी विचारधारा समान हो जाती थी। स्नेहा हमेशा बहुत बड़े लोगों से घिरी रहती थीं। चाहे जिस पार्टी की सरकार आये-जाये, स्नेहा हमेशा किसी बहुत बड़े लाभ के पद पर बनी रहती थीं। बड़े लोग उन्हें हमेशा किसी बहुत बड़े लाभ के पद पर इसलिए रखवाये रहते थे, जिससे स्नेहा को किसी भी तरह की कोई कमी न रहे और उनकी जिन्दगी की गाड़ी पूरे रफ्तार से दौड़ती रहे। बड़े पदों पर रहने के कारण उन्हें खूब भाषणबाजी भी करनी पड़ती थी। भाषण के नाम पर वे चाहे जो बकवास करें, तालियाँ खूब बजती थीं।

समय का चक्र बहुत तेजी से भागता है। स्नेहा पचास साल की हो गयीं। फूल के मुरझाने पर सारे भँवर उड़ गये। अब स्नेहा एकदम अकेली थीं। न कोई बात करनेवाला, न कोई साथ रहनेवाला। वे अपने को बड़ा असहाय महसूस करने लगीं।

उन्होंने सोचा कि क्यों न कोई समाजसेवी संस्था खोलकर

समाजसेवी बन जाऊँ। पैसे की उनके पास कोई कमी नहीं थी। आज के जमाने में समाज सेवा का तमगा, अर्थात् हारे को हरिनाम। लोगों को बताने के लिए इज़्ज़त बचाने वाला शब्द। मैं समाजसेवी हूँ।

एक दिन स्नेहा ने अखबार में पढ़ा कि देश में गौरैया कम होती जा रही हैं। उनके दिमाग में एक विचार कौंधा। क्यों न गौरैया में कैरियर बनाया जाय? अनाथ, गरीब या बेसहारा किसी भी प्रकार के बच्चों के लिए मदद की घोषणा की जाय, या उनके लिए समाजसेवी संस्था बनायी जाय तो समस्या हो जाएगी। ऐसे बच्चे सचमुच में बहुत बड़ी संख्या में मौजूद हैं। उन्हें सचमुच में झेलना पड़ेगा। ऐसे बदबू मारते बच्चों को कौन झेलेगा?

गौरैया में केवल संस्था बनाकर जगह-जगह भाषण करवाना पड़ेगा। गौरैया बचाने के लिए जागरूकता रैली निकालनी पड़ेगी, दीवारों पर नारे लिखने पड़ेंगे। बस! कोई सचमुच में गौरैया को पकड़कर उसे दाना-पानी थोड़े न देना पड़ेगा। कैरियर चमक गया तो देश से, विदेश से मुझे गौरैया पर भाषण देने के लिए बुलाया जाएगा। मैं गौरैया-विशेषज्ञ हो जाऊँगी। अखबारों में खूब नाम छपेगा। हो सकता है, देश-विदेश से बड़े-बड़े पुरस्कार भी मिलें।

स्नेहा ने गौरैया में कैरियर बनाने का निश्चय कर लिया।

फटीचर टीचर का वेतन

सुरंजन, मधेश और विप्लव मित्र थे। तीनों नौकरी करते थे, अतः आपस में मिलना कम हो पाता था। सुरंजन और मधेश बी.डी.ओ. थे, अर्थात् खण्ड विकास अधिकारी। विप्लव इलाहाबाद केन्द्रीय विश्वविद्यालय के एक कॉलेज में प्राध्यापक थे। बी.डी.ओ. को वेतन तो बहुत नहीं मिलता, लेकिन हराम की कमाई खूब होती है। समाज व्यक्ति की इज़्ज़त इस आधार पर नहीं करता कि वह किस तरह कमाता है। चाहे जैसे भी कमाये, जो ज्यादा कमाये वह ज्यादा इज़्ज़तदार। इस हिसाब से सुरंजन और मधेश की समाज में काफी इज़्ज़त थी।

एक बार सुरंजन के बेटे की शादी पड़ी। सुरंजन ने मधेश और विप्लव को विशेष रूप से आमंत्रित किया। दोनों मित्र शादी से दो दिन पहले ही आ गये। तीनों मित्र इकट्ठा हो गये तो महफिल जम गयी। वैसे भी शादी एक बड़े होटल से हो रही थी। कुछ करने-धरने को था नहीं।

तीनों मित्रों की महफिल चल रही थी। अचानक सुरंजन ने विप्लव से पूछ लिया, "यार तुम्हें वेतन कितना मिलता है?" विप्लव ने कहा, "डेढ़ लाख रुपये महीने।" सुरंजन और मधेश एकदम से चुप हो गये। वे दोनों अपने हिसाब से बहुत बड़ी तोप थे। उन्हें रत्तीभर भी विश्वास नहीं हुआ कि एक ससुरे मास्टर को डेढ़ लाख रुपये महीने वेतन मिलता होगा। इतने पैसे में तो आदमी इज़्ज़त के साथ जी सकता है। ऊपरी कमाई की जरूरत ही न पड़े।

दोनों ने विप्लव को नहीं बताया और चुपचाप एक होटल में पहुँच गये। दोनों के अहं को बड़ी ठेस लगी थी। थोड़ा बहुत दोनों

पीते थे, लेकिन उस दिन दोनों ने ज्यादा पी ली। पी लेने के बाद बहकने लगे। सुरंजन ने कहा, "तुमने सुना था? विप्लव साला क्या गप मार रहा था? कह रहा था कि उसे डेढ़ लाख रुपये वेतन मिलता है। सरकार के पास पैसा फालतू है क्या कि वह कॉलेज के मास्टरों को डेढ़ लाख वेतन देगी।" मधेश बोले, "हम लोगों से अपनी फटीचरी छुपाने के लिए बेचारा गप मार रहा था। कॉलेज के मास्टरों को डेढ़ लाख रुपये वेतन मिलने लगे तो साले वे अपने को भारत का राष्ट्रपति समझने लगें।"

वहीं बगल में किसी महाविद्यालय के एक प्राध्यापक भी बैठे चुपचाप एक-एक घूँट ले रहे थे। उन्होंने दोनों से मुस्कराकर कहा, "भाई साहब लोग बुरा मत मानिएगा। मैं भी कॉलेज का मास्टर हूँ। मुझे भी डेढ़ लाख रुपये वेतन मिलते हैं।" सुरंजन ने उन्हें बुरी तरह घूरा, "मुझे एक बात बताइए। क्या सरकार ने सभी मास्टरों को नौकरी मिलते ही गप मारने में पीएच.डी. करना अनिवार्य कर दिया है क्या?"

ड्राइवर साहब

वसुंधरा एक महाविद्यालय में प्राध्यापक थीं। निहायत ही दिखावा पसंद। मँहगी-मँहगी साड़ियाँ पहनना, खूब बन-ठन कर रहना उनके शगल थे। भगवान ने शक्ल-सूरत भी ठीक-ठाक दे दी थी सो और जमीन पर पाँव नहीं पड़ते थे।

एक बार समारोह में वसुंधरा की मुलाकात शहर के मेयर की पत्नी से हो गयी। उनके सामने वसुंधरा ने अपने को ऐसा प्रस्तुत किया मानो वे बहुत ही रईस परिवार से सम्बन्ध रखती हों। मेयर की पत्नी उनसे बहुत प्रभावित हुईं। दोनों में दोस्ती हो गयी। वसुंधरा ने उनसे कहा, "मेयर जी से मुझे थोड़ा काम था। आप करवा देतीं तो बड़ी कृपा होती।" मेयर की पत्नी ने कहा," "ठीक है। कल शाम को छः बजे आप मेरे घर आइए। मेरे पति घर पर ही रहेंगे। मैं आपको उनसे मिलवा दूँगी।"

वसुंधरा के पति कुछ नहीं करते थे। घर में एक मोटरसाइकिल थी और एक लम्बी कार। वसुंधरा के पति एक ढंग से वसुंधरा के ड्राइवर का काम करते थे। वैसे तो वे हर जगह वसुंधरा को मोटरसाइकिल से छोड़ते थे, लेकिन जहाँ थोड़ी सी इज़्ज़तवाली बात होती, वहाँ कार से लेकर जाते थे।

अगले दिन शाम को वसुंधरा ने अपने पति से कार से मेयर के यहाँ चलने को कहा। दोनों चल दिये तो वसुंधरा ने पति से कहा, "वहाँ चुपचाप बाहर कार में ही बैठे रहना। अन्दर आने की जरूरत नहीं है। मेयर साहब से मुझे कुछ जरूरी बातें करनी हैं।"

मेयर के घर पहुँचकर वसुंधरा ने घंटी बजायी। एक नौकर बाहर

निकला। वह वसुंधरा को अन्दर ले गया। पतिदेव सड़क पर गाड़ी लिये खड़े रहे। मेयर की पत्नी ने वसुंधरा को प्रेम से ड्राइंगरूम में बैठाया। कुछ देर में मेयर साहब भी आ गये। उनकी पत्नी ने संभवतः उन्हें पहले से ही बता रखा था वसुंधरा के आने के बारे में। पत्नी ने मेयर साहब से वसुंधरा का परिचय करवाया। चाय आ गयी। वसुंधरा ने मेयर की पत्नी से कहा, "मेरा ड्राइवर गाड़ी लेकर बाहर खड़ा है। एक कप चाय उसे भी भिजवा दीजिए।"

काफी देर तक बातचीत होती रही। आखिरकार वसुंधरा बाहर निकलीं। मेयर और उनकी पत्नी उन्हें बाहर तक छोड़ने आये। वसुंधरा के पति ने वसुंधरा से कहा, "बहुत देर लगा दिया।" उन्होंने इतने अधिकार से वसुंधरा से बात कही कि मेयर और उनकी पत्नी भौंचक्के रह गये।

वसुंधरा चली गयीं। मेयर की पत्नी ने मेयर से कहा, "आपने देखा? ड्राइवर किस तरह से वसुंधरा से बात कर रहा था। मैं पूरे यकीन से कह सकती हूँ कि वसुंधरा का अपने ड्राइवर से गलत सम्बन्ध है।" "मुझे भी ऐसा ही लग रहा है।" मेयर ने कहा, "इस तरह की औरतों को घर के अन्दर मत आने दिया करो।"

छपने के लिए अपराध

अखबार देशभर में बहुत बिकता था। प्रसार संख्या बहुत ज्यादा थी। थोड़ा सा कम पढ़े-लिखे या मध्यम श्रेणी के शिक्षितों के बीच अखबार बहुत लोकप्रिय था। पान और चाय की दुकानों पर तो प्रायः वही अखबार दिखता था।

अखबार के मालिक अर्थात् प्रधान सम्पादक का हुक्म था कि अखबार में अपराध की कोई खबर छूटनी नहीं चाहिए। अपराध की खबरें यथासम्भव चित्र सहित और विस्तार के साथ छापी जाएँ। सारी अपराध की खबरों को समायोजित कर लेने के बाद जो जगह बचे उसमें थोड़ा-थोड़ा करके बाकी समाचारों को जगह दी जाय। अपराध की सारी खबरें छपें। बाकी अन्य समाचारों के लिए जगह न बचे तो कोई बात नहीं।

अखबार के पाठकों की लगभग ऐसी राय थी, "आजकल तो अखबार पढ़ने का मन नहीं करता। रोज वही समाचार—हत्या, बलात्कार, अपहरण, डकैती। बड़ी अराजकता है।" कहने को सब ऐसा कहते थे, लेकिन अखबार सब चटखारे ले-लेकर पढ़ते थे। वही हाल था—रानी गूलर खा गयीं, घिनातइ घिनात।

शहर में दो मित्र साहित्यकार थे—आखण्डल और पुरहूत। दोनों बड़े-बड़े साहित्यिक आयोजन कराते थे। शहर के बाकी समाचार-पत्रों में तो उनके आयोजन के समाचार छपते थे, लेखिन उस अखबार में कभी नहीं। उन्होंने उस अखबार के एक वरिष्ठ पत्रकार से शिकायत की। पत्रकार ने मालिक के आदेश के बारे में बता दिया।

एक बार दोनों मित्रों ने तय किया कि चलो एक बार झूठमूठ में

झगड़ा और मारपीट करते हैं। देखते हैं, इस अखबार में छपता है या नहीं।

दोनों के एक मित्र ने अखबार को फोन किया कि दो वरिष्ठ साहित्यकारों-आखण्डल और पुरहूत में भयंकर झगड़ा और मारपीट हो रही है। अपने फोटोग्राफर और पत्रकार को भेजिए। आनन-फानन में उस अखबार के फोटोग्राफर और पत्रकार पहुँच गये। दोनो को देखकर आखण्डल और पुरहूत जोर-जोर से झगड़ा और मारपीट करने लगे। फोटोग्राफर दनादन फोटो लेने लगा। तीसरे मित्र ने दोनों के झगड़े के बारे में पत्रकार को विस्तार से बताया।

अगले दिन उस समाचार पत्र में आखण्डल और पुरहूत के झगड़े के बारे में विस्तार से छपा। झगड़ा और मारपीट करते हुए उनकी दो बड़ी-बड़ी फोटो भी छपी। दोनों के फोन की घंटियाँ सवेरे से ही बजने लगीं।

दोनों आनन्द लेते हुए हँस-हँसकर सबको सफाई दे रहे थे कि उस अखबार में छपने के लिए अपराध करना पड़ता है और इसीलिए हम लोगों ने अपराध का कार्यक्रम आयोजित किया था।

नये क्षेत्र में कैरियर

हुलसित गाजीपुर स्नातकोत्तर महाविद्यालय में प्राध्यापक था। निहायत ही चलता-पुर्जा आदमी। हर तरह के दन्द-फन्द में निष्णात। परन्तु कितना भी चतुर आदमी हो कभी-कभी गच्चा खा ही जाता है। हुलसित अपनी नौकरी सम्बन्धी एक ऐसे लफड़े में फँस गया था कि दो साल से लाख हाथ-पाँव मारने के बावजूद उबर नहीं पा रहा था।

इलाहाबाद स्थित उत्तर प्रदेश उच्च शिक्षा निदेशालय से लेकर लखनऊ स्थित उच्च शिक्षा मंत्रालय तक वह बराबर दौड़ लगा रहा था, लेकिन दाल गल नहीं पा रही थी।

लखनऊ में उच्च शिक्षा सचिव बदल गये। वह नये उच्च शिक्षा सचिव से मिलने लखनऊ पहुँचा। बड़ी मुश्किल से उनसे मिल पाया। उस समय उच्च शिक्षा सचिव अपने कार्यालय में बैठे, अपने एक मित्र से बात कर रहे थे। अंदर से बुलावा आया। हुलसित अंदर गया और उच्च शिक्षा सचिव का पैर छूकर बैठ गया। सचिव अपने मित्र से कह रहे थे, "यार, आजकल मैं बहुत परेशान चल रहा हूँ। मेरी पत्नी से मेरे सम्बन्ध काफी तनावपूर्ण हो गये हैं। बाहर का तनाव तो आदमी झेल लेता है, लेकिन जब घर के अन्दर भी माहौल तनावपूर्ण हो जाता है तो जीना मुश्किल हो जाता है।" हुलसित बीच में कूद पड़ा, "सर, इस मामले में मैं आपकी मदद कर सकता हूँ।" सचिव ने जिज्ञासा से उसकी ओर देखा, "कैसे?" "सर, आप मुझे अपना दाहिना हाथ दिखाइए!" हुलसित ने कहा और बिना मौका गँवाये, वह उच्च शिक्षा सचिव का दाहिना हाथ पकड़कर उसे गौर से देखने लगा।

कुछ देर बाद वह बड़े आत्मविश्वास से बोला, "सर आप पाँच

सोमवार सौ ग्राम चावल लाल कपड़े में बाँधकर पार्वती जी के चरणों में चढ़ा दीजिए। आपकी सारी समस्या छू-मंतर हो जाएगी।" उच्च शिक्षा सचिव हुलसित से बहुत प्रभावित हुए। उन्होंने उसके मोबाइल फोन का नम्बर लिया और उसका पता नोट किया। उन्होंने हुलसित से आने का कारण पूछा। हुलसित ने अपनी सारी समस्या बता दी। उच्च शिक्षा सचिव ने इलाहाबाद फोन लगाया। उत्तर प्रदेश उच्च शिक्षा निदेशक को। आदेश दिया कि फलाँ प्रकरण को आज ही डॉ. हुलसित के पक्ष में निस्तारित करके शाम तक मुझे सूचित करिए। उन्होंने हुलसित के लिए चाय मँगवायी।

हुलसित भौतिक विज्ञान का प्राध्यापक था। उसे ज्योतिष के बारे में कोई ज्ञान नहीं था। उसने उच्च शिक्षा सचिव को धुप्पलबाजी में समस्या का समाधान बता दिया था। वह लखनऊ से गाजीपुर वापस चला तो सोचने लगा कि भौतिक विज्ञान को फेंक-फाककर ज्योतिष का अध्ययन करूँ। उसी से नैया पार लगेगी।

हुलसित की समस्या का समाधान हो गया। वह जोर-शोर से ज्योतिष पढ़ने लगा और भौतिक विज्ञान को किनारे कर दिया। दो महीने बाद उसके पास उच्च शिक्षा सचिव का फोन आया, "हुलसित जी, आप द्वारा बताये गये उपाय से मेरी समस्या सचमुच छूमंतर हो गयी। मेरी पत्नी आपसे बहुत प्रभावित हैं। वे आपसे मिलना चाहती हैं। जल्दी लखनऊ आ जाइए।" "ठीक है सर, मैं कल ही आता हूँ।" हुलसित ने उन्हें आश्वस्त किया।

हुलसित पहले बड़े-बड़े लोगों के पीछे घूमता था। अब बड़े-बड़े लोग उसके पीछे घूमने लगे।

बन जाय सरकार

गजराज जी सरकारी नौकरी में थे। सरकारी नौकरी करते हुए वे सरकार से लड़ भी रहे थे। एक साल उन्होंने अन्यत्र नौकरी की थी। उस नौकरी को वर्तमान नौकरी में जुड़वाने के लिए आठ साल से सरकार से मुकदमा लड़ रहे थे।

एक सरकारी अध्यादेश के अनुसार उनकी पुरानी सेवा, वर्तमान सेवा में नहीं जुड़ सकती थी। परन्तु उस अध्यादेश को उच्च न्यायालय ने, एक अन्य व्यक्ति के मुकदमें में, निरस्त कर दिया था। कानून के हिसाब से गजराज जी की पुरानी नौकरी, वर्तमान नौकरी में आसानी से जुड़ सकती थी। पुरानी सेवा जुड़ जाने से उन्हें कई फायदे थे। वे एक साल वरिष्ठ हो जाते, उनकी एक वेतनवृद्धि बढ़ जाती, उन्हें हर पदोन्नति एक साल पहले मिलती, पेन्शन में भी फायदा मिल जाता।

शुरू में उनकी नौकरी जुड़ रही थी। जहाँ से नौकरी जुड़ती, उस विभाग का अधिकारी उनसे नौकरी जोड़ने के लिए पचास हजार रिश्वत माँग रहा था। गजराज जी सिर्फ बीस हजार देने को तैयार थे। उन्हें पता था कि अगर इस अधिकारी ने पुरानी सेवा जोड़ने में कोई समस्या खड़ी की तो उच्च न्यायालय से उनकी सेवा जुड़ जाएगी। बस, एक मुकदमा भर करना पड़ेगा। वे बीस हजार से एक पैसा ज्यादा देने के लिए तैयार नहीं हुए। फिर वही हुआ, जो होना था। उस अधिकारी ने सरकारी अध्यादेश का हवाला देते हुए गजराज जी की सेवा जोड़ने से मना कर दिया।

गजराज जी ने उच्च न्यायालय में मुकदमा कर दिया कि इस अध्यादेश को उच्च न्यायालय पहले ही निरस्त कर चुका है। उच्च

न्यायालय का उक्त आदेश मेरे प्रकरण में भी लागू किया जाए। देखने में बड़ा साधारण और मामूली सा मुकदमा था। न्यायालयों का हाल गजराज जी को नहीं मालूम था। मुकदमा लड़ते-लड़ते वे चकरघिन्नी बन गये और एकदम हलाकान हो गये। उन्हें समझ में आ गया कि मुकदमा लड़ना क्या होता है। पैसे कागज की तरह उड़ रहे थे। उन्हें अब कोफ्त हो रही थी कि काश! रिश्वत देकर पुरानी सेवा जुड़वा ली होती तो सस्ते में छूट गया रहता।

गजराज जी के पड़ोस में उच्च न्यायालय के एक वकील रहते थे, दीपेन्द्र जी। दीपेन्द्र जी सेवा क्षेत्र के विशेषज्ञ वकील नहीं थे; अतः गजराज जी ने अपने मामले को एक अन्य अधिवक्ता को सौंप रखा था, जो सेवा क्षेत्र के विशेषज्ञ थे। लेकिन गजराज जी अपने मुकदमे के सिलसिले में दीपेन्द्र जी से बराबर सलाह-मशविरा करते रहते थे। दीपेन्द्र जी उनके अच्छे मित्र थे। दीपेन्द्र जी प्रदेश की एक बड़ी पार्टी के नेता भी थे। वे गजराज जी को बराबर आश्वासन देते रहते थे कि बस, एक बार मेरी पार्टी सत्ता में आ जाय! मैं उच्च न्यायालय में किसी न किसी बड़े पद पर पहुँच जाऊँगा। आपके मामले में मैं सरकार की तरफ से आपके पक्ष में जवाब लगवा दूँगा। आपका मुकदमा समाप्त हो जाएगा।

गजराज जी जब नहा-धोकर पूजा करने बैठते तो वे भगवान से एक प्रार्थना जरूर करते, "हे भगवान! किसी तरह सत्कार पार्टी सत्ता में आ जाय। दीपेन्द्र जी मेरे बहुत अच्छे मित्र हैं। वे कुछ न कुछ जरूर बन जाएँ।" उनके मन में तीव्र अभिलाषा थी कि किसी भी तरह प्रदेश में सत्कार पार्टी की सरकार बन जाय। कहीं भी राजनीति की बात उठने पर वे जोर-शोर से सत्कार पार्टी का समर्थन करते थे। वे सत्कार पार्टी के कट्टर समर्थक के रूप में परिवर्तित हो चुके थे।

भगवान ने गजराज जी की सुन ली। विधानसभा चुनाव में सत्कार पार्टी जीत गयी। प्रदेश में सत्कार पार्टी सत्ता में आ गयी। वह भी पूर्ण बहुमत के साथ। गजराज जी प्रसन्नता के समुद्र में गोते लगाने लगे।

कुछ दिनों बाद दीपेन्द्र जी उच्च न्यायालय में प्रदेश सरकार के

अपर महाधिवक्ता बना दिये गये। गजराज जी ने दीपेन्द्र जी के घर जाकर उन्हें बधाई दी। दीपेन्द्र जी ने गजराज जी को मिठाई खिलायी।

दीपेन्द्र जी को अपर महाधिवक्ता बने कुछ महीने बी गये। एक दिन गजराज जी अपना काम याद दिलाने उनके घर पहुँच गये। गजराज जी की बात सुनकर दीपेन्द्र जी ने उनकी ओर इस तरह देखा, जैसे वे उन्हें पहचान ही न रहे हों, ‘‘देखिए...आपके काम के बारे में सोचेंगे... देखेंगे कि क्या हो सकता है...सोचेंगे...देखेंगे...।’’ गजराज जी का पारा सातवें आसमान पर पहुँच गया। वे दीपेन्द्र जी के घर से उठकर चले आये। उन्हें मन ही मन लाखों गालियाँ देते हुए।

अब, गजराज जी जब भी नहा-धोकर पूजा करने बैठते तो वे भगवान से एक प्रार्थना जरूर करते थे, ‘‘हे भगवान! किसी भी तरह से सत्कार पार्टी की सरकार गिर जाय। सरकार गिर जाएगी तो दीपेन्द्र अपने पद से हटा दिया जाएगा। वह फिर से सड़क पर आ जाएगा तो ठंडक मिल जाएगी मेरे कलेजे को।’’

शानदार भाषण

महाविद्यालय के प्राचार्य जी सोच रहे थे कि इस साल गणतन्त्र दिवस यानी छब्बीस जनवरी को ऐसा शानदार भाषण दूँगा कि लोग मेरी विद्वत्ता का लोहा मान जाएँगे। महाविद्यालय में हर साल पन्द्रह अगस्त और छब्बीस जनवरी को राष्ट्रध्वज फहराया जाता था और सांस्कृतिक कार्यक्रम होते थे। सांस्कृतिक कार्यक्रमों के अन्त में प्राचार्य का भाषण होता था। प्राचार्य इस साल जोरदार भाषण देने के मूड में थे।

वे महीने भर पहले से अपने भाषण की तैयारी में जुट गये। जगह-जगह से बढ़िया-बढ़िया शेरो-शायरी और संस्कृत के सुभाषित इकट्ठा करने लगे। अपने भाषण में खोज-खोजकर लच्छेदार शब्द भरने लगे। लम्बे कागज पर पूरा पाँच पेज का भाषण लिख डाला। उन्होंने पूरा प्रयास किया था कि देश की कोई भी ज्वलंत समस्या छूटने न पाये। कोई मुद्दा अछूता न रह जाए। महाविद्यालय के साथी प्राध्यापकों को दिखा देना है कि भाषण कैसे दिया जाता है।

छब्बीस जनवरी आ गयी। इस साल गणतंत्र दिवस के समारोह को जोरदार और भव्य बनाने में प्राचार्य जी ने कोई कोर-कसर नहीं छोड़ी थी। महाविद्यालय के सारे प्राध्यापकों, कर्मचारियों और छात्रों को सख्त आदेश था कि गणतंत्र दिवस समारोह में सबको उपस्थित रहना है। सांस्कृतिक कार्यक्रमों की संयोजिका को विशेष हिदायत दी गयी थी कि इस बार अच्छे-अच्छे सांस्कृतिक कार्यक्रम होने चाहिए।

प्राचार्य जी ने राष्ट्रध्वज फहरा दिया। एन.सी.सी के कैडेटों ने मार्च पास्ट करके उन्हें सलामी दी। उसके बाद शुरू हुए सांस्कृतिक कार्यक्रम। छात्र-छात्राओं ने देशभक्ति के गीत, कौव्वाली, नृत्य, भजन

और अन्य कार्यक्रमों से समाँ बाँध दिया। अन्त में शुरू हुआ प्राचार्य जी का भाषण! प्राचार्य जी मंच पर खड़े हुए। उन्होंने गर्वित भाव से चारों तरफ सिर घुमा कर भीड़ का सिंहावलोकन किया। वे शुरू हो गये।

प्राचार्य जी के हर शेर, हर संस्कृत के श्लोक पर तालियाँ बज रही थीं। छात्र उत्साह से तालियाँ पीट रहे थे, प्राध्यापक और कर्मचारी अपने प्राचार्य के सम्मान में तालियाँ ठोंक रहे थे। खूब तालियाँ बजीं। अन्ततः प्राचार्य जी का भाषण समाप्त हुआ।

प्राचार्य जी सोच रहे थे कि महाविद्यालय के प्राध्यापक उनके शानदार भाषण से हड़क गये हैं और सबकी बोलती बन्द हो गयी है, इसीलिए कोई कुछ नहीं बोल रहा है। छात्र-छात्राएँ घर चले गये। महाविद्यालय के प्राध्यापक और कर्मचारी भी नाश्ता करने लगे।

प्राचार्य ने हिन्दी के प्राध्यापक को बुलाया, ''ऐसा है, पूरे कार्यक्रम का एक समाचार लिख लो और उसे सारे अखबारों में भिजवा दो।'' हिन्दी के प्राध्यापक समाचार लिखने में जुट गये। उन्होंने साथी प्राध्यापकों से पूछा, ''प्राचार्य जी के भाषण की दो-चार लाइन किसी को याद है? मुझे समाचार में डालना है।'' सब ने असमर्थता जता दी। प्राचार्य के भाषण की एक भी पंक्ति किसी को याद नहीं थी। हारकर हिन्दी के प्राध्यापक प्राचार्य ही के पास पहुँच गये, ''सर, आप अपने भाषण की दो-चार लाइन मुझे बता दीजिए। समाचार में डालना है। मुझे आपके भाषण की एक भी लाइन याद नहीं है।'' प्राचार्य आपे से बाहर हो गये, ''क्या कहा आपने? आपको मेरे भाषण की एक भी पंक्ति याद नहीं है? कहाँ था आपका ध्यान?'' ''सॉरी सर! गलती हो गयी। आप ही बता दीजिए।'' ''इतने सारे प्राध्यापक मेरा भाषण सुन रहे थे। किसी से भी पूछ लीजिए। मुझसे क्या पूछ रहे हैं!'' प्राचार्य का मूड उखड़ गया था। हिन्दी के प्राध्यापक सिर झुकाकर बोले, ''सर, मैंने सारे प्राध्यापकों से पूछ लिया। किसी को आपके भाषण की एक भी लाइन याद नहीं है।'' ''क्या?'' प्राचार्य चिल्लाकर अपनी कुर्सी पर से खड़े हो गये।

गुणहीनाः बहु जल्पयन्ति

सनुज जी अपने गाँव में रहते थे। पहले वे प्राइमरी स्कूल में अध्यापक थे। अब सेवानिवृत्त हो चुके थे। भगवान की पूजा करना, अखबार पढ़ना, गाँव के लोगों से गपशप करना; यही सब करते हुए उनका दिन बीतता था।

सनुज जी के घर से थोड़ी ही दूरी पर मौजीलाल का घर था। मौजीलाल की उम्र भी लगभग सनुज जी जितनी ही थी। मौजीलाल एकदम खलिहर व्यक्ति थे। उनके पास कोई कामधाम नहीं था। इसी बात को अगर दूसरे ढंग से कहा जाय, तो वे एकदम कामचोर व्यक्ति थे। जानवरों को चारा-पानी देना, खेत जुतवाना, बुवाई करना, कटाई करवाना-सारे कामों से वे भागते थे। घर की पूरी जिम्मेदारी उनके दोनों बेटों पर थी। मौजीलाल के बेटे भी उन्हें हेय दृष्टि से देखते थे, क्योंकि ऐसा निठल्ला बाप गाँव में किसी का नहीं था। मौजीलाल एकदम चिकने घड़े थे। घर में पत्नी या बेटे-बहू उन्हें अगर धिक्कारते या कुछ कहते तो उन पर कोई असर नहीं होता था।

मौजीलाल अक्सर सनुज जी के यहाँ पहुंचे रहते। वहाँ दो-चार लोग और रहते थे। लोगों की गपबाजी में वे डटकर भाग लेते। वे बोलते बहुत थे। बोलना शुरू करते तो रुकने का नाम नहीं लेते । बिना रुके धाराप्रवाह बकवास करना, उनकी प्रिय आदत थी। वे बोलते रहते तो क्या मजाल कोई उन्हें बीच में रोक ले। फिर कोई दूसरा अपनी बात नहीं कह सकता था। सब लोग केवल मौजीलाल की बातें सुनते थे, चाह कर भी कोई दूसरा अपनी बात नहीं कह पाता था।

मौजीलाल की इस आदत से सनुज समेत सारे लोग आजिज आ

गये थे, लेकिन संकोचवश कोई कुछ कह नहीं पाता था।

एक दिन मौजीलाल इसी तरह धारा प्रवाह बकवास कर रहे थे। सुनते-सुनते सनुज जी का धैर्य जवाब दे गया। उन्होंने कहा, "मौजीलाल, अगर तुम्हें कोई संस्कृतवाला दिख जाया करे तो उसे कम से कम दो झापड़ जरूर मारा करो!" "क्यों?" मौजीलाल ने आश्चर्य से पूछा। सनुज बताने लगे," संस्कृतवाले बहुत बदमाश होते हैं। उन्होंने तुम्हारी बुराई में बहुत कुछ लिखा है।" मौजीलाल को और आश्चर्य हुआ, "क्या लिखा है?" "उन्होंने लिखा है—'गुणहीनाः बहु जल्पयन्ति' इसका मतलब यह हुआ कि जिसके अन्दर कोई गुण नहीं होता वे बहुत बोलते हैं।" सनुज जी ने बताया। सारे लोग हँसने लगे। मौजीलाल सिर खुजलाते हुए वहाँ से चले गये।

तृष्णा

वह पढ़ने में अच्छा था। पढ़ चुका तो एक अदद नौकरी की तलाश में लग गया। उसे पुलिस में सिपाही की नौकरी मिल गयी। सुकून मिला कि चलो जीने-खाने का एक जरिया तो मिला। कुछ दिनों तक शान्तिपूर्वक उसने नौकरी की। धीरे-धीरे उसे बेचैनी होने लगी। उसे अपनी नौकरी छोटी लगने लगी। वह सोचने लगा कि काश! मैं पुलिस में सब-इंस्पेक्टर होता। अब जब भी वह वर्दी में नहीं होता, वह अपरिचित लोगों को यही बताता कि वह पुलिस में सब-इंस्पेक्टर है।

उसने सब-इंस्पेक्टर की परीक्षा दी। पास हो गया। उसकी प्रसन्नता की सीमा न रही। वह सब-इंस्पेक्टर हो गया। अब उसे लगने लगा कि वह ढंग की नौकरी कर रहा है। अपनी वर्दी में अब वह शान से घूमता था।

कुछ दिनों तक सब कुछ ठीक-ठाक चलता रहा। धीरे-धीरे फिर उसे अपनी नौकरी छोटी लगने लगी। वह सोचने लगा कि काश! किसी तरह डिप्टी-एस.पी. के पद पर पहुँच जाता तो रुतबा ही कुछ और रहता। अब वर्दी में न रहने पर वह लोगों से अपने को डिप्टी-एस. पी. ही बताता। मन के एक कोने में यह भय भी बना रहता कि कहीं पोल न खुल जाए। वह पी.सी.एस. की परीक्षा की तैयारी में जुट गया। उसने जान लड़ा दी। उसका चयन पी.सी.एस. में हो गया। संयोग से उसे पुलिस की ही नौकरी मिली। वह डिप्टी-एस.पी. हो गया।

फिर उसकी प्रसन्नता की सीमा न रही। वह एक बड़ा पुलिस अधिकारी हो गया। वर्दी में रहने पर उसे किसी को यह बताने की

आवश्यकता नहीं रहती थी कि वह किस पद पर है और वह अक्सर वर्दी में ही रहता था।

धीरे-धीरे उसके मन में यह ख्वाहिश पनपने लगी कि वह एडिशनल एस.पी. अर्थात् 'अतिरिक्त पुलिस अधीक्षक' हो जाता! अब वह वर्दी कम पहनने लगा। अपरिचित लोगों को वह यही बताता कि वह 'अतिरिक्त पुलिस अधीक्षक' है। कुछ वर्षों की नौकरी के बाद उसकी पदोन्नति हो गयी। वह अतिरिक्त पुलिस अधीक्षक हो गया। उसे सन्तोष मिला। उसकी वर्दी पर सितारा बढ़ गया।

धीरे-धीरे उसे यह नौकरी भी छोटी लगने लगी। वह पुलिस अधीक्षक बनने का सपना देखने लगा। अब वर्दी में न रहने पर अपने को पुलिस अधीक्षक ही बताने लगा। पुलिस अधीक्षकों को देखकर उसे ईर्ष्या होती थी।

काफी साल की नौकरी हो गयी। उसकी पदोन्नति हो गयी। वह पुलिस अधीक्षक बन गया। वह बहुत प्रसन्न हुआ। अब वह पूरे जिले के पुलिस प्रशासन का मालिक था। अब वह बड़े शान से अपनी वर्दी में घूमता था। धीरे-धीरे यह पद भी उसे कुछ छोटा लगने लगा।

अब वह उप-पुलिस महानिरीक्षक के सपने सँजोने लगा। बाहर जाने पर वह लोगों को बताने भी लगा कि वह उप-पुलिस महानिरीक्षक है। ईश्वर उसकी हर इच्छा को पूरी करता जा रहा था। उसकी पदोन्नति हो गयी। वह उप-पुलिस महानिरीक्षक बन गया। फिर वही। प्रसन्नता की कोई सीमा नहीं।

जैसा कि होता था, वह कुछ दिनों के बाद अपरिचित लोगों से अपने को पुलिस महानिरीक्षक बताने लगा।

पुण्य और पाप

बादल और भाजन पड़ोसी थे। दोनों में अच्छी बैठती थी। अच्छे सम्बन्ध के बावजूद दोनों के बीच एक समस्या थी। पड़ोस की झार। पड़ोस की झार में सब से बड़ा प्रश्न यह होता है कि मैं बड़ी या तू बड़ी?

बादल के सिर्फ एक बेटा था, जबकि भाजन के सिर्फ एक बेटी। बादल का बेटा दसवीं कक्षा में पढ़ता था। भाजन की बेटी बारहवीं कक्षा में थी। बादल अक्सर किसी न किसी दूसरे के बहाने या किसी कहानी के बहाने भाजन को ताना मारते रहते थे, "जो लोग बहुत पुण्य करते हैं, उनके घर बेटा पैदा होता है। इसीलिए आदमी को हमेशा अच्छे काम करने चाहिए। जो लोग अच्छे काम नहीं करते, हमेशा बुरे कामों में लिप्त रहते हैं, उनके घर बेटी होती है। बेटी मनुष्य के पापों के फल से पैदा होती है। बेटी रूपी पाप मनुष्य को हमेशा सताती है। बेटी के पैदा होते ही मनुष्य उसके दहेज जुटाने में लग जाता है और वह कभी शान्ति से नहीं रह पाता।"

बादल की बात सुनकर भाजन बहुत दुःखी होते। उनकी बात आकर वे अपनी पत्नी को बताते। पत्नी भी दुःखी हो जाती। उन्होंने बहुत प्रयास किया कि उनके घर भी एक बेटा पैदा हो जाय, लेकिन वे असफल रहे। उनके आँगन में दूसरी संतान नहीं आयी-न बेटा, न बेटी।

बादल का बेटा पढ़-लिखकर काफी उँचे पद पर पहुँच गया। उनका सीना गज भर चौड़ा हो गया। उन्होंने देख-सुनकर एक सुन्दर लड़की से बेटे की शादी कर दी। बादल अब भाजन से अपने बेटे और बहू के बारे में खूब डींगें हाँकते। भाजन के सामने चुपचाप उनकी बातें सुनने के अलावा कोई चारा नहीं था। उनकी बेटी भी पढ़-लिख चुकी थी।

उन्होंने भी एक अच्छा लड़का देखकर अपनी बेटी की शादी कर दी।

समय का चक्र चलता रहा। बादल की पत्नी का देहांत हो गया। बादल एकदम अकेले हो गये। बेटा अपने परिवार में रम चुका था और साल में एकाध बार ही वह बादल के पास आता था। वह न तो बादल को अपने साथ ले गया और न ही उनकी कोई आर्थिक मदद ही की। बादल अपना खुद बनाते-खाते हुए अकेले घर में पड़े थे।

भाजन की पत्नी भी नहीं रहीं। उनकी बेटी उन्हें अपने साथ ले गयी। अपने पिता को वह अपने घर में बड़े सम्मान और प्यार से रखती थी। घर में बेटी के बच्चे भी भाजन के साथ खूब घुलमिल गये। भाजन का समय खूब अच्छे ढंग से बीतता था।

एक बार भाजन घूमने के लिए अकेले ही अपने घर गये। वहाँ पहुँचने पर उन्हें बादल अपने घर के बाहर ही मिल गये। बादल ने लपककर भाजन को अपने सीने से लगा लिया। भाजन ने उनसे हाल-चाल पूछा। वे लगे अपने बेटे को गालियाँ देने, ''मेरा बेटा तो महानालायक निकला। मुझे कभी पूछता ही नहीं। किसी तरह बनाते-खाते अकेले घर में पड़ा हुआ हूँ। नौकर रखने की औकात नहीं है। ऐसा बेटा होने से न होना ही अच्छा है।'' भाजन हँसने लगे, ''मेरे बेटी-दामाद तो मुझे बड़े सम्मान और प्यार से रखते हैं। मैं उनके बच्चों के साथ खेलता लगा रहता हूँ। मेरा पाप तो मुझे बड़ी अच्छी तरह से ढो रहा है। हाँ, मुझे यह देखकर बड़ी तकलीफ हो रही है कि आपका पुण्य आपको बहुत कष्ट दे रहा है।''

अच्छा-बुरा काम

प्राचार्य के कक्ष में मीटिंग हो रही थी। महाविद्यालय में एक लड़के ने एक लड़की के साथ छेड़खानी कर दी थी। लड़की ने लिखित शिकायत की थी। मीटिंग उसी सिलसिले में बुलायी गयी थी।

सभी प्राध्यापकों की एकमत राय थी कि लड़के को महाविद्यालय से निकाल दिया जाय। यह भी तय हुआ कि लड़कियों के प्रति लड़कों की किसी अभद्रता को बर्दाश्त न किया जाय। इस सम्बन्ध में लड़के जरा भी अनुशासन तोड़ें तो उनसे सख्ती से पेश आया जाय। जो लड़का गुंडई करने की कोशिश करे, उसके खिलाफ़ पुलिस को रिपोर्ट किया जाय।

छेड़खानी करने वाले लड़के को महाविद्यालय से निकाल दिया गया। सख्ती बरती जाने लगी। धीरे-धीरे महाविद्यालय का माहौल सुधर गया। लड़के समझ गये कि लड़कियों के साथ बदतमीजी करने पर खैर नहीं है।

एक दिन महाविद्यालय में राष्ट्रीय सेवा योजना का एक संक्षिप्त सांस्कृतिक कार्यक्रम हो रहा था। बड़े से हाल में चार-पाँच दरियाँ बिछी हुई थीं। दरियों पर एक तरफ लड़के बैठे हुए थे और एक तरफ लड़कियाँ। आगे काम भर को जगह छोड़ दी गयी थी, जो मंच का काम कर रही थी। छात्र-छात्राओं की काफी भीड़ थी। वहाँ पर प्राध्यापक के रूप में सिर्फ डॉ. सौम्य बैठे हुए थे। वे महाविद्यालय राष्ट्रीय सेवा योजना के प्रभारी कार्यक्रम अधिकारी थे।

सांस्कृतिक कार्यक्रम चल रहा था। अचानक एक लड़का अपना कार्यक्रम प्रस्तुत करने आया। वह पता नहीं किसका लिखा हुआ एक

निहायत की अश्लील गाना गाने लगा और उतने ही अश्लील तरीके से थिरकने भी लगा। कोढ़ में खाज यह कि वह लड़कियों की तरफ खड़ा होकर ऐसा कर रहा था। डॉ. सौम्य घबरा गये, "ए लड़के! अनुशासनहीनता नहीं! अनुशासनहीनता नहीं! भागो यहाँ से।" लड़के पर कोई असर नहीं हुआ। वह उसी तरह गाता और नाचता रहा।

डॉ. सौम्य भौंचक्के रह गये। उन्होंने देखा कि सारी लड़कियाँ उस लड़के के गाने पर लयबद्ध ढंग से तालियाँ बजाने लगीं और बैठे ही बैठे थिरकने के अंदाज में हिलने लगीं। डॉ. सौम्य का सिर घूम गया। वे सोचने लगे कि लड़कों का कौन सा काम लड़कियों को बुरा लगता है और कौन सा काम उन्हें अच्छा लगता है, यह समझ पाना टेढ़ी खीर है।

अंदाज़े-बयाँ और

प्रो. परीक्षित बड़े कड़क मिजाज प्रोफेसर थे। बहुत विद्वान व्यक्ति थे, लेकिन छात्रों की अनुशासन-हीनता एकदम बर्दाश्त नहीं करते थे। चूँकि वे अत्यन्त विद्वान थे और पढ़ाते भी बहुत अच्छा थे, अतः विश्वविद्यालय के छात्र उनका बड़ा सम्मान करते थे। छात्र उनसे बड़े अदब से पेश आते थे।

प्रो. परीक्षित की एक विशेष आदत थी। छात्रों की कॉपियाँ जाँचते समय वे बहुत कंजूस हो जाते । साठ प्रतिशत अंक वे उसी को देते थे, जिसने काफी अच्छा लिखा होता। अन्यथा उसके नीचे। साठ प्रतिशत के ऊपर अंक देते समय तो उन्हें ऐसा लगता, जैसे उनके कलम की सारी स्याही खर्च हो जाएगी।

एक दिन प्रो. परीक्षित एम.ए. की कॉपियाँ जाँच रहे थे। अपने उसी ढंग से। कई कॉपियाँ जँच गयीं। उन्होंने अगली कॉपी उठायी। घोर धृष्टता! कॉपी पलटते ही कवर के पिछले भाग पर लिखा था-गुरुदेव, मैं चाहता हूँ कि आप मुझे सत्तर प्रतिशत अंक दें। मैं दया की भीख नहीं माँग रहा हूँ। मेरी कॉपी अच्छी तरह पढ़ लें। अगर मैंने सत्तर प्रतिशत अंक पाने लायक लिखा हो, तभी मुझे सत्तर प्रतिशत अंक दें।

छात्र की टिप्पणी पढ़कर प्रो. परीक्षित आग बबूला हो गये। इसकी इतनी ज़ुर्रत? उन्होंने देखा, कॉपी में लिखावट बड़ी सुन्दर थी। उन्होंने अपनी कलम एक तरफ रख दी। वे शुरू से लेकर कॉपी का एक-एक अक्षर पढ़ने लगे।

छात्र ने बहुत उच्च स्तरीय उत्तर लिखे थे। उन उत्तरों को पढ़कर प्रो. परीक्षित स्तब्ध रह गये। इतना उत्कृष्ट लेखन?

उन्होंने छात्र को पचहत्तर प्रतिशत अंक दिये। अंक देने में उन्होंने इतिहास रच दिया। उनकी आँखों में आँसू आ गये, "बेटा, अगर तू मेरे सामने होता तो मैं तुझे सीने से लगा लेता। जीवन में यह पहला अवसर है, जब परीक्षित से किसी ने चुनौती देकर अंक छीन लिये।"

अर्थ बदलता शब्द

क्षेत्र में 'चमार' शब्द एक गाली था। चूँकि यह क्षेत्र की एक अति निचली जाति का नाम था, अतः लोग एक-दूसरे को गाली देने के लिए इस शब्द का प्रयोग करते थे।

क्षेत्र के थाने में एक नया थानाध्यक्ष आया। अत्यन्त ईमानदार और सख्त; अपराधियों के लिए अत्यन्त क्रूर! जाति का 'चमार'।

थानाध्यक्ष दो-चार सिपाहियों को साथ लेकर अक्सर क्षेत्र में घूमता रहता। कमर में रिवाल्वर और हाथ में पुलिस का मजबूत डंडा। वह क्षेत्र के हर अपराधी का इतिहास-भूगोल पता कर चुका था। रास्ते में उसे अगर कोई बदमाश दिख जाता तो वह उसे रोक लेता। उसके बाद दोनों हाथ से दनादन पुलिसिया डंडे! भीड़ इकट्ठा हो जाती। बदमाश की भरपूर धुनाई कर लेने के बाद वह गरजता, "साले मैं खानदानी चमार हूँ। चमार का काम है खाल उधेड़ना। तुम्हारे पूरे खानदान की खाल उधेड़कर रख दूँगा। ...और करेगा बदमाशी? ...बोल?" बदमाश सहित सारी भीड़ उसका अंदाज़ देखकर थर्रा उठती।

कहीं किसी को बदमाशी करते देखकर वह फेंककर डंडा मारता, "मैं आ गया खानदानी चमार। अभी तेरी खाल उधेड़ता हूँ साले। क्षेत्र में जितने बदमाश हैं, उन सब की खाल उधेड़कर ही यहाँ से जाऊँगा। मेरे जाने के बाद लोग याद करेंगे कि इस थाने में आया था कोई खानदानी चमार...।"

क्षेत्र के सारे बदमाश 'खानदानी चमार' शब्द से खौफ खाने लगे। बहुत सारे बदमाश इलाका छोड़कर भाग गये। क्षेत्र के शरीफ लोग

आपस में एक-दूसरे से थानाध्यक्ष की तारीफ़ करने लगे और उसे प्रशंसा भरी नज़रों से देखने लगे।

क्षेत्र में 'चमार' शब्द अब गाली नहीं रह गया। अब यह एक सम्मानजनक शब्द हो गया था।

भाग-भाग...कहाँ तक भागेगा

पुरुषोत्तम इस समय बारहवीं कक्षा में था। पढ़ने में बहुत अच्छा था वह। पुरुषोत्तम एक सामान्य परिवार का लड़का था। पिताजी शहर में ही एक ऑफिस में क्लर्क थे। माँ एक गृहिणी थीं। था तो अपना निजी मकान, लेकिन बहुत छोटा। पुरुषोत्तम का कमरा ही ड्राइंग रूम भी था। एक तरफ उसकी तख्त बिछी हुई थी। दीवार में ऑलमारीनुमा एक रैक बनी हुई थी, जिसमें पाँच खाने थे। उसमें पुरुषोत्तम अपनी किताबें-कॉपियाँ रखता था। एक तरफ चार-पाँच कुर्सियाँ और एक छोटी सी मेज रखी हुई थी। वहीं सारे आगंतुक बैठते थे।

पुरुषोत्तम के दोस्त आते, तो वे भी वहीं बैठते थे। तीन कमरे का छोटा सा घर था, अतः घर में कहीं भी की जाने वाली बातचीत पूरे घर में सुनायी देती थी। जब भी पुरुषोत्तम का कोई एक दोस्त या एक से अधिक दोस्त घर में आ जाते, पुरुषोत्तम की शामत आ जाती थी। दोस्त जब तक बैठे रहते, उसकी माँ कुछ नहीं बोलतीं थीं, परन्तु दोस्तों के बीच होने वाली सारी बातचीत ध्यान से सुनती रहतीं। दोस्त या दोस्तों के चले जाने के बाद उसकी माँ बुरी तरह उसका क्लास लेने लगती थीं, "तुमने यह क्यों कहा कि मैं वार्षिकोत्सव के दिन स्कूल नहीं जाऊँगा? तुम्हें कहना था कि वार्षिकोत्सव के दिन सोचूँगा कि स्कूल जाऊँ या न जाऊँ...तुमने यह क्यों कहा कि तुम्हारे पास फिलहाल कोई नया कपड़ा नहीं है? हम लोगों का नाक कटवाना चाहते हो क्या...तुमने यह क्यों कहा कि मैं ठीक-ठाक साइकिल चला लेता हूँ? इसके बजाय तुम्हें यह कहना चाहिए था कि मैं बहुत अच्छी तरह साइकिल चला लेता हूँ...तुमने अपने दोस्त से यह क्यों कहा कि

गाँव में हमारे पास सिर्फ पाँच बीघे खेत हैं? तुम्हें कहना चाहिए था कि गाँव में हमारे पास पन्द्रह-बीस बीघे खेत हैं। तुम्हारा दोस्त गाँव में देखने जा रहा है क्या? ...तुमने यह क्यों कहा कि तुम्हारे पापा जल्दी ही किताब खरीद देंगे? तुम्हें यह कहना चाहिए था कि तुम्हारे पापा एक-दो दिन में किताब खरीद देंगे...तुमने यह क्यों कहा कि मैं बुधवार के दो दिन बाद जाऊँगा? तुम्हें कहना था कि मैं शुक्रवार को जाऊँगा...।''

यह हर दूसरे, तीसरे दिन का काम था। पुरुषोत्तम का कोई न कोई दोस्त आ जाता और उसके जाने के बाद उसकी माँ शुरू हो जातीं। उसका जी करता कि वह अपने सिर के सारे बाल नोंच डाले, लेकिन वह ऐसा कर नहीं पाता था। अच्छा लड़का जो था। वह मन ही मन बुरी तरह झल्लाता हुआ, चुपचाप सिर झुकाये अपनी माँ का भाषण सुनता रहता।

पुरुषोत्तम की पढ़ाई-लिखाई पूरी हो गयी। उसे एक अच्छी नौकरी मिल गयी। पुरुषोत्तम का पूरा परिवार बहुत प्रसन्न हुआ। उसके घरवालों ने उसकी शादी कर दी। नौकरी चूँकि शहर के बाहर लगी थी, अतः पुरुषोत्तम अपनी पत्नी को भी साथ लेकर चला गया।

पुरुषोत्तम सोच रहा था कि चलो कम से कम एक चीज से पीछा छूटा। यहाँ बात-बात पर माँ का भाषण सुनने से जान बची। यह वाक्य क्यों बोला, इसके बजाय तुम्हें फलाँ वाक्य बोलना चाहिए था।

एक दिन पुरुषोत्तम के ऑफिस से उसके साथ काम करने वाला एक मित्र राकेश घर पर आया। पुरुषोत्तम ने एक अच्छा सा फ्लैट किराये पर ले लिया था। उसने अपनी पत्नी से चाय बनाकर लाने को कहा। उसकी पत्नी चाय बनाकर लायी और ड्राइंगरूम में दोनों दोस्तों के गपशप में खुद भी शामिल हो गयी।

काफी देर तक गपशप होती रही। अन्ततः राकेश चला गया। पुरुषोत्तम की पत्नी चाय-नमकीन इत्यादि के कप-प्लेट समेटकर अन्दर चली गयी। उसके पीछे-पीछे पुरुषोत्तम भी चला गया।

पुरुषोत्तम की पत्नी पुरुषोत्तम से बोली, ''आप बोलने लगते हैं तो

जो भी जी में आता है, बोलते चले जाते हैं। सम्हालकर नहीं बोलते।''

''क्यों? मैंने ऐसा क्या गलत कह दिया?'' पुरुषोत्तम ने आश्चर्य से पूछा। पुरुषोत्तम की पत्नी बोली, ''आपने यह क्यों कहा कि हम लोग शादी के पहले एक दूसरे को जानते नहीं थे? सीधे-सीधे कह देते कि हम लोगों ने प्रेम विवाह नहीं किया है। हमारे घरवालों ने हमारी शादी तय की...आपने यह क्यों कहा कि मैं पढ़ने में अच्छा था? आपको कहना चाहिए था कि मैं पढ़ने में बहुत अच्छा था...आपने यह क्यों कहा कि हमारे शहर में गुलाब जामुन बहुत अच्छा मिलता है? आपको कहना चाहिए था कि हमारे शहर में सारी मिठाइयाँ बहुत अच्छी मिलती हैं...आपने यह क्यों कहा कि मैं भी कभी-कभी शरारतें करता था? आपको कहना चाहिए था कि मैं कभी कोई शरारत नहीं करता था...आपने यह क्यों कहा कि दो महीने बाद मेरे पिताजी आने वाले हैं? दो महीने बाद फरवरी होगी। सीधे-सीधे कहते कि फरवरी में पिताजी आने वाले हैं...आपने यह क्यों कहा...''

पुरुषोत्तम अपनी पत्नी को बोलता हुआ छोड़कर भाग खड़ा हुआ और जाकर अपने बिस्तर पर धड़ाम से लेट गया।

भाषणज्ञ

भंगाचार्य जी एक विश्वविद्यालय में हिन्दी के प्रोफेसर थे। अब सेवानिवृत्त हो चुके थे। उनकी राजनीति में काफी रुचि थी। देश की सारी राजनीतिक खबर वे विभिन्न पत्र-पत्रिकाओं और टी.वी. चैनेलों के माध्यम से रखते थे। विभिन्न दलों की राजनीतिक उछलकूद में भी वे रुचि रखते थे और खुद भी थोड़ी-बहुत राजनीतिक उछलकूद करते रहते थे।

प्रदेश में एक उनकी बिरादरी की भी पार्टी थी। उस पार्टी के ज्यादातर बड़े नेता उनकी बिरादरी के थे। वह पार्टी प्रदेश की एक प्रभावशाली पार्टी थी। उसी पार्टी में धमाचौकड़ी मचाना भंगाचार्य जी को सबसे अच्छा लगता था। हिन्दी का हर अध्यापक अपने को हिन्दी का प्रख्यात साहित्यकार समझता है। भंगाचार्य जी भी अपने को प्रख्यात साहित्यकार समझते थे। उनका मानना था कि अपनी बिरादीवाली पार्टी में वे सबसे बड़े साहित्यकार और बुद्धिजीवी हैं।

प्रदेश में उनकी बिरादीवाली पार्टी की सरकार आ गयी। भंगाचार्य जी परम प्रसन्न हुए। उनकी पार्टी में धमाचौकड़ी भी बढ़ गयी और समाज में पूछ भी। नेता और दलाल टाइप तमाम लोग उनके घर बैठकबाजी करने लगे। बिरादरी के गणमान्य लोगों में उनकी गिनती होने लगी।

साल भर बाद प्रदेश सरकार ने पाँच लाख रुपये के सर्वश्रेष्ठ साहित्यकार पुरस्कार की घोषणा की। पुरस्कार भंगाचार्य जी को मिला। उनके घर बधाई देने वालों का ताँता लग गया। पुरस्कार से दो बातें सिद्ध हुईं। एक तो यह कि भंगाचार्य जी बहुत ही बड़े साहित्यकार हैं। दूसरे, उनकी सरकार में बहुत ऊँची पहुँच है।

उनके शहर के साहित्यकारों को यह बात हजम नहीं हुई। भंगाचार्य

ने एक भी किताब नहीं लिखी थी। फिर उनको किस साहित्य के लिए पुरस्कार मिला? तीन दिलजले साहित्यकारों से बर्दाश्त नहीं हुआ। वे बधाई देने के बहाने भंगाचार्य के घर पहुँच गये।

उनके घर पहुँचकर तीनों जयकारा लगाने वाले अंदाज में चिल्लाये, "बधाई-बधाई, पुरस्कार पाने के लिए बहुत-बहुत बधाई भंगाचार्य जी!" "हें-हें..." भंगाचार्य नकली विनम्रता ओढ़ते हुए बोले, "यह सब आप लोगों के स्नेह का फल है।" "वैसे, आपको अपनी किस पुस्तक के लिए यह पुरस्कार मिला है?" पहले दिलजले ने धैर्य खोते हुए गोला दाग ही दिया। भंगाचार्य अचकचा गये, "...ऐसा है...ऐसा है...मैं किताबें नहीं लिखता। मैं साहित्यिक भाषण देता हूँ।" "ओ हो! दूसरे दिलजले कहा, "तो आप साहित्य की भाषण विधा के विशेषज्ञ हैं? हाँ यह तो है। इस विधा में आपका कोई सानी नहीं है।" "लेकिन ऐसे में किताबों में आपका नाम कैसे आयेगा? हिन्दी साहित्य के इतिहास में आपका नाम कैसे आयेगा?" तीसरे दिलजले ने कहा, "ऐसा करिए, आप 'हिन्दी साहित्य की भाषण विधा का इतिहास' विषय पर एक किताब लिख डालिए। इससे लोगों को भाषण विधा में आपकी विशेषज्ञता और महारत का ज्ञान होगा। आने वाली पीढ़ियों को भी उससे पता चलेगा कि आप कितने बड़े भाषणज्ञ थे।"

वीभत्स रस

दास्तान केसरलाल की है, सो पहले तो यह जान लीजिए कि एक थे केसर लाल। केसरलाल एक महाविद्यालय में प्राध्यापक थे।

मामला पाखाने और सुबह-सुबह उठकर फारिग होने से सम्बन्धित है, सो बात को बजाय इधर-उधर घुमाने के हम सीधे फारिग होने की बात पर ही आते हैं।

केसरलाल एक गाँव में पैदा हुए थे और इंटरमीडिएट तक की पढ़ाई उन्होंने वहीं से की थी। सो जब तक वे गाँव में रहे, फारिग होने के लिए खेतों में जाते थे। सुबह-सुबह उठे और तुरंत लोटे में पानी भरकर खेतों की ओर चल दिये। घर से दो-तीन किलोमीटर दूर जाकर फारिग होते थे। गाँव के लोगों को इसीलिए प्रातः कालीन भ्रमण की आवश्यकता नहीं पड़ती। फारिग होने के बहाने ही सुबह की शुद्ध हवा में टहलना हो जाता है। केसरलाल कुछ ज्यादा ही दूर निकल जाते थे। शाम का भी यही कार्यक्रम था। दिन डूबा। उन्होंने लोटे में पानी भरा। चल दिये।

बी.ए. में पढ़ने के लिए वे शहर में आ गये। विश्वविद्यालय के एक छात्रावास में कमरा मिल गया। अब वे छात्रावास के पाखाने में फारिग होने जाने लगे। छात्रावास के पाखाने में फारिग होते-होते उन्होंने अपनी पढ़ाई पूरी कर ली।

उन्हें नौकरी भी मिल गयी। काफी दिनों तक तो वे किराये के मकान में रहे, धीरे-धीरे उन्होंने अपना घर बनवा लिया। किराये के मकानों में फारिग होने से पिंड छूटा। अब शान से अपने मकान में फारिग होते थे।

धीरे-धीरे अंग्रेजी माध्यम के पाखाने भी कहीं-कहीं दिखने लगे। जिस पर कुर्सी की तरह बैठकर काफी शान से फारिग हुआ जाता है। केसरलाल कहीं अंग्रेजी माध्यम का पाखान देख लेते तो उन्हें बहुत घबराहट होती। अंग्रेजी माध्यम से फारिग होना उन्हें नहीं आता था। जिन्दगी भर हिन्दी माध्यम से पढ़े और हिन्दी माध्यम से फारिग हुए। दोनों पैर जमीन पर रखकर अपने पैरों पर मजबूती के साथ बैठे और शुरू-तड़ तड़ धड़ाक.....।

एक बार उन्हें दिल्ली जाना पड़ा। दरियागंज मुहल्ले में कुछ काम था। दिल्ली पहुँचकर दिल्ली रेलवे स्टेशन से उन्होंने एक रिक्शा लिया और पहुँच गये दरियागंज। रिक्शे से उतरकर वे ढंग का होटल खोजने लगे। एक होटल उन्हें पसंद आया। नाम था-होटल श्यामा इन।

होटल के कमरे में अपना सामान रखकर वे बिस्तर पर आराम से लेट गये। अचानक उनके दिमाग में कुछ कौंधा। वे तुरन्त उठकर बाथरूम में गये। उनका डर सही निकला। वहाँ सिर्फ एक ही पाखाना था, वही अंग्रेजी माध्यम वाला। वे परेशान हो उठे। उन्हें तुरंत फारिग होने जाना था। उन्होंने सोचा कि अब ओखली में सिर तो दे ही दिया है।

उन्होंने अपने सारे कपड़े उतार दिये। सावधानी से कमोद पर चढ़े और कमोद के ऊपर दोनों पैर रखकर बैठ गये। उन्हें भय लग रहा था कि कमोद कहीं टूट न जाय। राम-राम करते हुए वे फारिग हुए और सम्हालकर कमोद पर से उतर आये। अब समस्या थी सफाई कैसे हो? उन्होंने बाल्टी में पानी भरा। जग द्वारा बाल्टी में से पानी निकाल-निकालकर उन्होंने अपना मलद्वार साफ किया। इस प्रक्रिया में मल पूरे बाथरूम में फैल गया। पानी बहने के लिए लोहे की एक जाली लगी थी। उन्होंने बाल्टी नल के नीचे रखकर नल चालू कर लिया। जग से पानी निकाल-निकालकर बाथरूम में फैला सारा मल लोहे की जाली के तरफ बहाने लगे। लोहे की जाली तक मल के टुकड़े इकट्ठे हो गये, लेकिन वे वे बह नहीं रहे थे। मल के टुकड़े बड़े थे और जाली में छेद छोटे।

उन्होंने एक हाथ से मसल-मसलकर मल के टुकड़ों को छोटा-छोटा

किया और किसी तरह उन्हें बहाया। बड़ी मेहनत से उन्होंने बाथरूम को साफ किया। अब कमोद साफ करने की बारी थी। बाल्टी से पानी डाल-डालकर उन्होंने कमोद को भी चमका दिया।

फिर तो दुबारा दिल्ली में फारिग होने की उनकी हिम्मत नहीं हुई। शाम तक दिल्ली में अपना काम निबटाकर, शाम की ट्रेन से वे अपने शहर लौट आये। अपने घर पहुँचकर उन्होंने राहत की साँस ली और इत्मीनान से फारिग होने के लिए अपने देसी बाथरूम में घुसे।

अपने घर में फारिग होते हुए वे सोच रहे थे, 'जिन्दगी में बहुत वीभत्स रस पढ़ाया, लेकिन वीभत्स रस को साक्षात् देखने का सौभाग्य दिल्ली में ही मिला।'

सयाना सलाहकार

नन्दिनी और वन्दिनी सगी बहनें थीं। दोनों की उम्र में पाँच साल का अन्तर था। नन्दिनी बड़ी थी और वन्दिनी छोटी। नन्दिनी थोड़ा सा मूर्ख किस्म की थी, जबकि वन्दिनी अपेक्षाकृत बुद्धिमान थी। अगर पास-पास दो पेड़ हों और उनमें से एक छोटा तथा टेढ़ा-मेढ़ा हो जबकि दूसरा पेड़ थोड़ा सुव्यवस्थित और हरा-भरा हो; तो दूसरा पेड़ शानदार और भव्य दिखता है। यही स्थिति नन्दिनी और वन्दिनी की थी। नन्दिनी की मूखर्ता के सामने वन्दिनी की बुद्धिमत्ता और खिलकर उभरती थी।

नन्दिनी इस बात को कुछ ज्यादा ही महसूस करती थी कि वन्दिनी बुद्धिमान है और वह उससे बहुत दब कर रहती थी। मजाल क्या कि नन्दिनी कोई काम बिना वन्दिनी से परामर्श लिये करे! नन्दिनी वन्दिनी की हर सलाह को शिरोधार्य करती थी।

नन्दिनी की शादी तय हो गयी। होनेवाले दूल्हे के माँ-बाप, भाई-बहन सब थे। नन्दिनी ने सास-ससुर, देवर-जेठ, ननद वग़ैरह के तमाम किस्से सुन रखे थे। एक से एक खतरनाक किस्से। वह बहुत नर्वस और भयभीत थी। उसने अपनी समस्या वन्दिनी को बतायी और उससे सलाह माँगी कि मुझे ससुराल जाकर कैसे रहना है! वन्दिनी ने उसे समझाया, "देखो, ससुराल में पूरे परिवार का केन्द्र बिन्दु सास होती है। ससुराल में पहुँचकर अगर शुरू में ही तुमने सास को दबा दिया और उसे अपने अर्दब में ले लिया तो समझो पूरा परिवार तुम्हारे चंगुल में रहेगा और वहाँ तुम रानी बनकर रहोगी, लेकिन अगर शुरू में ही तुम्हें सास ने दबा दिया तो समझ लो कि तुम ससुराल में जीवन भर नौकरानी बनकर रहोगी। इसलिए ससुराल में पहुँचते ही

तुम लड़-भिड़कर या कैसे भी सास को दबा देना। फिर सारा काम आसान हो जाएगा।''

नन्दिनी ने छोटी बहन की सलाह मानी। ससुराल पहुँचते ही वह सास पर हावी होने की कोशिश करने लगी। एक सप्ताह के अन्दर वह सास से तीन बार लड़ी। खूब जमकर!

सारे परिवार ने आपस में सलाह-मशविरा किया। सबने नन्दिनी से बात करना ही छोड़ दिया। जेठानी नाश्ता और खाना उसके कमरे में रखकर चली आती। पति ने भी कमरे में आना छोड़ दिया।

कुछ दिनों बाद नन्दिनी परेशान हो गयी। वह सब को खुश करने की कोशिश में लग गयी। एक-दो बार वह सबके लिए चाय बनाकर ले गयी। उसके हाथ की बनी चाय सबने पीने से मना कर दिया।

नन्दिनी मायके आयी। वह बहुत दुःखी थी, लेकिन उसने किसी पर अपना दुःख जाहिर नहीं होने दिया। एक दिन वह अकेले में वन्दिनी के सामने फूट-फूटकर रोने लगी। उसने अपने ससुराल की सारी कहानी वन्दिनी को सुना दी और उससे कोई उपाय बताने को कहा, जिससे ससुराल में सब लोग खुश हो जाएँ। वन्दिनी ने उसे ढाँढस बँधाया, ''परेशान मत हो! सब कुछ ठीक हो जाएगा। तुम अपनी सास को खुश कर लो तो सारे लोग खुश हो जाएँगे। तुम्हारी सास सबसे ज्यादा किससे खुश रहती हैं?''

''मेरी जेठानी से!''

''क्यों?''

''क्योंकि जेठानी मेरी ननद के साथ मिलकर घर का सारा काम करती हैं। इसके अलावा वे सास के पैर में तेल लगाकर उनके पैर भी दबाती हैं।''

''तुम्हारी समस्या का समाधान मिल गया। मैं बताती हूँ तुम्हारी सास कैसे खुश होंगी।'' वन्दिनी बड़े ढंग से नन्दिनी को सास को प्रसन्न करने का उपाय समझाने लगी।

नन्दिनी फिर ससुराल गयी। वहाँ अब भी उससे कोई नहीं बोल रहा था। एक दिन जेठानी सास का पैर दबा रही थी। नन्दिनी भी

जाकर सास का पैर दबाने लगी। सास ने उसे पैर दबाने से मना किया। नन्दिनी सास का पैर पकड़कर लिपट गयी। सास ने उठकर नन्दिनी को दोनों हाथों से ठेल दिया।

नन्दिनी अपने कमरे में गयी और एक बड़ी सी प्लास्टिक की गुड़िया लेकर आयी। सास के बगल में उसने अपनी गुड़िया का लिटा दिया। जेठानी सास का पैर दबा रही थी। नन्दिनी गुड़िया का पैर दबाने लगी। सास ने गुस्से से पूछा, " यह क्य हो रहा है?" नन्दिनी बोली, "द्रोणाचार्य ने जब एकलव्य को अपना शिष्य बनाने से इनकार कर दिया तो एकलव्य ने मिट्टी का द्रोणाचार्य बनाया और उसे ही अपना गुरु मानकर धनुर्विद्या सीखने लगा। आप भी मुझे अपनी बहू मानने से इनकार कर रही हैं। मैं भी इस गुड़िया को ही अपनी सास मानकर इसी की सेवा करूँगी।" सास ने खींचकर नन्दिनी को एक लात मारा, "हे भगवान! कहाँ की पागल हमारे पल्ले पड़ गयी है?"

बुराइयाँ और अवगुण

असित अपने माँ-बाप की इकलौती संतान था। माँ-बाप संस्कारी थे सो उन्होंने असित को भी अच्छे संस्कार दिये। असित पढ़ने में अच्छा था। पढ़-लिखकर वह एक निजी कंपनी में इंजीनियर हो गया। कुछ दिनों बाद असित के पिताजी नौकरी से सेवानिवृत्त हो गये। इकलौती संतान होने के कारण असित ने अपने माँ-बाप को भी अपने पास रख लिया।

माँ-बाप ने एक अच्छी सी लड़की देखकर असित की शादी कर दी। लड़की का नाम था, हेमा। ससुराल में हेमा को बड़ा लाड़-प्यार मिला। हेमा अपनी ससुराल में बहुत प्रसन्न थी। शादी के साल भर के अन्दर हेमा असित के साथ कई जगह बाहर घूम आयी। हेमा को लगा कि वह बहुत किस्मतवाली है, जो इतनी अच्छी ससुराल मिली।

साल भर बीतते-बीतते हेमा बदलने लगी। किसी न किसी बात पर अक्सर वह असंतुष्ट ही रहती। अब वह असित से बात-बात पर सास-ससुर की बुराई करती। शुरू-शुरू में तो असित एकदम परेशान हो गया। धीरे-धीरे वह नयी परिस्थितियों से अपना सामंजस्य बैठाने लगा।

असित जैसे ही ऑफिस से घर आता, हेमा सबसे पहले उसे पानी लाकर देती। फिर उसके बगल में बैठकर शुरू हो जाती। सास-ससुर द्वारा दिनभर में किये गये अनुचित कार्यों की पूरी लिस्ट वह खोलकर बैठ जाती। चाय-नाश्ता आता। फिर शुरू! सास-ससुर की गलतियों और पापों का पूरा लेखा-जोखा। इतनी बारीकी से यमराज के सामने चित्रगुप्त किसी के पापों का लेखा-जोखा क्या रखते होंगे। सुन-सुनकर असित के काम पक जाते, लेकिन शान्त होकर वह सब कुछ सुनता

रहता। उसे पता था कि कुछ बोलने का मतलब है, मधुमक्खी के छत्ते में पत्थर मारना।

असित के ऑफिस से आने के बाद ऐसे ही हेमा एक दिन सास-ससुर की बुराई कर रही थी। असित चुपचाप सुन रहा था। अचानक वह बोला, ''संसार के हर आदमी को शादी अवश्य करनी चाहिए।'' हेमा चौंक गयी, ''क्यों?'' असित ने उत्तर दिया, ''आदमी अगर शादी न करे तो उसे पता ही न चल पाये कि उसके माँ-बाप में कितनी बुराइयाँ और कितने अवगुण हैं!''

मृत्युदण्ड

उस दिन अर्णव जी जैसे ही ऑफिस जाने के लिए घर से निकले, उन्होंने देखा कि उनके पड़ोसी विशद जी नया-नया कुर्ता और पायजामा पहनकर घर से निकल रह हैं। अर्णव जी चौंक गये। इसके पहले उन्होंने कभी विशद जी को कुर्ते-पायजामे में नहीं देखा था। उन्होंने विशद जी को ललकारा, ''क्यों विदश जी? किस पार्टी में शामिल हो रहे हैं?'' विदश जी मुस्कराये, ''मैं किसी पार्टी-वार्टी में शामिल होने नहीं जा रहा हूँ। राजनीति मेरे वश का रोग नहीं है। मैं तो समाजसेवा के काम से जा रहा हूँ।'' अर्णव जी ने मज़ाक में पूछा, ''अच्छा? समाज की क्या सेवा करने जा रहे हैं?'' विशद जी बताने लगे, ''आतंकवादी बनाला को फाँसी की सजा सुनायी गयी है न! हम लोग इस सजा के विरोध में रैली निकालने जा रहे हैं।'' अर्णव जी चकित रह गये, ''यह आप लोग क्या करने जा रहे हैं? उस आतंकवादी ने तो एक दर्जन मासूल लोगों को दिन-दहाड़े मौत के घाट उतार दिया था। आप लोग उसकी सजा का विरोध कर रहे हैं?''

विशद जी समझाने लगे, ''हम लोग उसको सजा देने का विरोध नहीं कर रहे हैं। हम लोग मृत्युदण्ड के विरोधी हैं। किसी भी व्यक्ति को मृत्युदण्ड नहीं दिया जाना चाहिए। किसी भी व्यक्ति को मृत्युदण्ड देना, उसके मानवाधिकारों का हनन है। जब हम किसी व्यक्ति को जीवन नहीं दे सकते तो हमें उसका जीवन लेने का क्या अधिकार है?''

अवर्ण जी उन्हें जवाब देने लगे, ''जब कोई व्यक्ति मृत्युदण्ड की सज़ा का विरोध कर रहा होता है तो दरअसल वह अपने मृत्युभय को प्रकट कर रहा होता है। व्यक्ति मौत से कितना भी डरे और भागे, वह

मौत से बच नहीं सकता। आतंकवादी बनाला को आज आप अगर मृत्यु से बचा भी लें तो कुछ साल बाद तो उसे मर ही जाना है। कोई व्यक्ति अमर नहीं है। अच्छा तो यह है कि ऐसे व्यक्ति, तो समाज के लिए गंभीर संकट हैं; उन्हें जल्दी से जल्दी मृत्युदण्ड देकर संसार से विदा कर दिया जाय। इससे समाज में शांति बनी रहेगी और दुष्टों में भय व्याप्त रहेगा। बनाला ने जिन एक दर्जन बेगुनाह लोगों को मारा, उनका कोई मानवाधिकार नहीं था क्या?''

विशद जी ने प्रतिकार किया, ''कट्टरपंथी लोगों ने बनाला का ब्रेन वाश करके उसे गलत रास्ते पर डाल दिया है। समझा-बुझाकर उसे सही रास्ते पर लाया जा सकता है। हम उसकी जान क्यों लें?''

अर्णव जी ने फिर जवाब दिया, ''समाज में ऐसे बहुत सारे पथभ्रष्ट लोग हैं, जिन्होंने अभी तो कोई अपराध नहीं किया है लेकिन आगे चलकर वे अपराध कर सकते हैं। आप लोग उन्हें क्यों नहीं सुधारने का प्रयास करते। ऐसे लोगों को सुधारने के चक्कर में क्यों परेशान हैं, जिन्हें सुधारा ही नहीं जा सकता। सुरक्षाबलों के बहुत सारे अच्छे लोग आतंकवादियों और बदमाशों से मुठभेड़ में मारे जाते हैं। सीमा पर हमारे सभ्य और सज्जन सैनिक दुश्मनों से मोर्चा लेते हुए मारे जाते हैं। आपको अच्छे लोगों के मारे जाने पर कभी समस्या नहीं होती। आपके हिसाब से समाज के अच्छे लोग मारे जाएँ तो कोई बात नहीं। उन्हें तो अपनी जान देनी ही चाहिए। आतंकवादी और अपराधी न मारे जाएँ। उनको मृत्युदण्ड दिये जाने से आपको तकलीफ़ है।''

विदश जी बोले, ''आप कुछ भी कहिए, मैं तो रैली में भाग लेने जा रहा हूँ।''

अर्णव जी ने कहा, ''जाइए, जाइए!

फूलहिं फरहिं न बेंत, जदपि सुधा बरसहिं जलद।
मूरख हृदय न चेत, जउ गुरु मिलहिं बिरंचि सम।।''

आपका दिन शुभ हो!

अब दुकानदारों के मजे हो गये हैं। कहने के लिए तो ग्राहकों के लिए सेवाएँ बहुत बढ़ गयी हैं, लेकिन यथार्थ के धरातल पर सेवाएँ जितनी बढ़ी हैं, उन्हें ग्राहक ही समझता है। दुकानदार महँगा से महँगा सामान ग्राहक के सिर पर ठेलकर बगल हो जाता है। उसके बाद वह मुक्त। ग्राहक जाय भाड़ में, सामान जाय भाड़ में। सामान में दो दिन बाद ही कोई खराबी आ जाय और ग्राहक शिकायत करने दुकानदार के पास पहुँच जाय तो दुकानदार इस तरह आँख तरेरेगा जैसे ग्राहक ने कोई नाकाबिले बर्दाश्त गुस्ताखी कर दी हो। गुर्राकर बोलेगा, ''जाइए सर्विस सेन्टर! मुझसे कोई मतलब नहीं है।'' ग्राहक सर्विस सेन्टर खोजता फिरे और खोज ले तो सर्विस सेन्टर के चक्कर लगाता फिरे।

एक बार रघुवीर जी ने अपने घर में इन्वर्टर लगवाया। विदेशी कम्पनी का इन्वर्टर। उसके लिए एक विदेश कम्पनी की महँगी बैटरी लगवायी। पोकाया बैटरी। बैटरी पर तीन साल की गारंटी थी। गारंटी तो इन्वर्टर पर भी थी, लेकिन दो ही साल की।

साल बीतते-बीतते इन्वर्टर हाँफने लगा। रघुवीर जी उस दुकान पर गये, जहाँ से उन्होंने इन्वर्टर खरीदा था। दुकानदार ने उन्हें सर्विस सेन्टर का पता देकर भगा दिया। सामान बेच चुकने के बाद ग्राहक को दुकानदार देखना पसंद नहीं करता।

रघुवीर जी ने सर्विस सेन्टर के कई चक्कर लगाये। अन्त में वहाँ से एक आदमी रघुवीर जी के घर गया और उसने इन्वर्टर की जाँच करने के बाद घोषित किया कि इन्वर्टर तो एकदम ठीक है। बैटरी खराब है।

रघुवीर जी उस दुकानदार के यहाँ पहुँचे, जिसके यहाँ से बैटरी

ली थी। उसने भी उन्हें बैटरी के सर्विस सेन्टर का पता पकड़ा दिया। उसने रघुवीर जी को एक टोल फ्री नम्बर भी दिया और बताया, "इस नम्बर पर फोन करके अपनी शिकायत दर्ज करा दीजिए। शिकायत सीधे दिल्ली में दर्ज होगी। वहाँ से आपके लोकल सर्विस सेन्टर को फोन करके आपका काम करा दिया जाएगा।"

रघुवीर जी ने टोल फ्री नम्बर पर अपनी शिकायत दर्ज करा दी। शिकायत दर्ज कर लेने के बाद टोल फ्री नम्बर से आवाज़ आयी, "आप ने पोकाया बैटरी को सेवा का अवसर दिया, इसके लिए आपको धन्यवाद! आपका दिन शुभ हो।" अगले दिन पोकाया बैटरी से एक आदमी आया। उसने जाँच करने के बाद कहा, "आपकी बैटरी ठीक है। आपका इन्वर्टर खराब है।" रघुवीर जी बड़े चक्कर में पड़े। अब क्या किया जाय?

उन्होंने एक निजी जानकार से जाँच करायी। उसने बताया कि इन्वर्टर सही है। आपकी बैटरी ही खराब है।

रघुवीर जी ने फिर टोल फ्री नम्बर पर फोन किया। वहाँ से कहा गया, "आपकी शिकायत दर्ज कर ली जा रही है। चौबीस घंटे के अन्दर हमारा इंजीनियर आपके घर पहुँचेगा। आपने पोकाया बैटरी को सेवा का अवसर दिया, इसके लिए आपको धन्यवाद! आपका दिन शुभ हो।" रघुवीर जी ने मन ही मन गाली दी, 'अबे साले तुम मेरा दिन तो खराब ही कर रखे हो। ऊपर से बिना सेवा किये, सेवा करने के लिए अपनी पीठ भी ठोंक ले रहे हो।'

तीन दिन तक सर्विस सेन्टर से कोई नहीं आया। रघुवीर जी ने फिर टोल फ्री नम्बर पर फोन किया और किसी के न आने की बात बतायी। उधर से जवाब मिला, "कोई बात नहीं। अबकी बार चौबीस घंटे के अन्दर हमारा इंजीनियर जरूर पहुँचेगा। आपने पोकाया बैटरी को सेवा का अवसर दिया इसके लिए आपको धन्यवाद! आपका दिन शुभ हो।" फोन कट गया। रघुवीर जी चीख पड़े, "धत्तेरी माँ का...।"

तीन-चार दिन तक कोई नहीं आया। रघुवीर जी ने फिर फोन किया। उन्होंने काफी आक्रोशपूर्वक अपनी बात कही। उधर से जवाब

मिला, "कल आपके घर हमारा इंजीनियर जरूर जाएगा। आपने पोकाया बैटरी को सेवा का अवसर दिया, इसके लिए आपको धन्यवाद! आपका दिन शुभ हो।" फोन कट गया। रघुवीरजी पागल हो उठे, "अबे साले तेरी माँ का...। एक बार तू मुझे मिल तो जाता।" अगले दिन पोकाया कम्पनी से एक साइकिल का पंचर बनाने वाला टाइप का आदमी आया। वह बोला, "मैं पोकाया कम्पनी का इंजीनियर हूँ। आपकी क्या समस्या है?" रघुवीर जी ने पहले तो उसे पाँच सौ का नोट पकड़ाया, फिर बोले, "माई-बाप! मेरी बैटरी खराब हो गयी है। अभी गारंटी के अंदर है। इसे बदलवा दीजिए।" पाँच सौ की नोट जेब में डालते हुए आदमी मुस्कराया। उसने जाँच की। सचमुच बैटरी खराब थी। उसने बैटरी के खराब होने की रिपोर्ट लगा ली।

रघुवीर जी की बैटरी बदल गयी। रघुवीर जी ने राहत की साँस लेकर कहा, "लक्ष्मी जी जब तक कदम नहीं बढ़ातीं, हमारे देश में कोई काम नहीं होता।"

फाइव स्टार होटल में लेखक

लेखक जी को एक लम्बी कहानी लिखनी थी। फाइव स्टार होटल की पृष्ठभूमि में। लेखक जी परेशान। वे कभी किसी फाइव स्टार होटल में नहीं रुके थे। कहीं बाहर जाना होता तो किसी सस्ते होटल में रुकते थे। फाइव स्टार होटल तो बाहर से लेखक जी ने बहुत देख रखे थे, लेकिन अंदर से फाइव स्टार होटल किस चिड़िया का नाम होता है, लेखक जी को नहीं मालूम था।

लेखक जी ने जी कड़ा किया। उन्होंने तया किया कि शहर के किसी फाइव स्टार होटल में एक दिन चार-पाँच घण्टे रुकता हूँ। चाहे जितना पैसा लगे। देखा जाय कि अन्दर से फाइव स्टार होटल क्या होता है!

उन्होंने जेब में पचास हजार रुपये रखे। एक परिचय पत्र और एक निवास प्रमाण पत्र ले लिया। पहुँच गये शहर के एक नामचीन फाइव स्टार होटल में।

होटल के गेट से ही उन्होंने पूछना शुरू किया। एक कगरा बुक करना है, कहाँ बुक किया जाता है कमरा? खोजते-खाजते लेखक जी रिसेप्शन पर पहुँच गये। वहाँ बैठे हुए आदमी से उन्होंने बताया कि एक कमरा चाहिए। उसने लेखक जी को ऊपर से नीचे तक देखा "आपके पास सामान तो है ही नहीं। बिना सामान के आप कैसे आये हैं?" लेखक जी फाइव स्टार होटल में घुसकर वैसे ही सहमे हुए थे। उन्होंने शान्त भाव से कहा, "तो क्या जिसके पास सामान या बोरिया-बिस्तर न हो, उसे आप कमरा ही नहीं देते?" उनकी बात

अनसुनी करते हुए आदमी ने पूछा, "आपके साथ और कौन है?" "मैं अकेला हूँ। मेरे साथ कोई नहीं है।" लेखक जी ने जवाब दिया। आदमी बड़े पशोपेश में पड़ गया। उसने लेखक जी से उनका निवास प्रमाण पत्र माँगा। लेखक जी ने जेब से निवास प्रमाण पत्र निकालकर दे दिया। उनका निवास प्रमाण पत्र देखकर आदमी चौंक गया, "आप तो इसी शहर के रहने वाले हैं। आप को कमरे की क्या जरूरत है? आपके साथ न तो कोई है न आपके पास सामान है और आप इसी शहर के रहने वाले हैं। किसलिए आपको चाहिए कमरा?" लेखक जी बोले, "मैं आपके होटल में चार-पाँच घंटे किसी कमरे में लेटकर आराम करना चाहता हूँ।" आदमी ने कहा, "आप उधर रखे सोफे पर थोड़ी देर बैठ जाइए। अभी मैं आपको देखकर बताता हूँ कि कोई कमरा खाली है या नहीं?"

लेखक जी सोफे पर जाकर बैठ गये। आदमी तुरंत होटल के मैनेजर के पास पहुँचा। घबरायी हुए आवाज़ में बोला, "सर एक आदमी आया है और कमरा माँग रहा है। वह इसी शहर का रहने वाला है और उसके पास कोई सामान भी नहीं है। वह अकेले आया है। उसके साथ कोई लड़की भी नहीं है कि हम मान लेते, वह लड़की के साथ मस्ती करने के लिए कमरा माँग रहा है। वह कह रहा है कि वह किसी कमरे में चार-पाँच घंटे आराम करना चाहता है। सर, उसके हाव-भाव से लग रहा है कि वह हमारे होटल में आत्महत्या करने के चक्कर में है। जरूर वह जेब में जहर वगैरह रखे होगा।" मैनेजर ने कहा, "तुम चलो मैं अभी आ रहा हूँ। उसको समझा-बुझाकर यहाँ से टरकाते हैं।"

आदमी ने दौड़-दौड़कर बहुत सारे लोगों को यह बात बता दी। होटल के बहुत से कर्मचारी छुप-छुपकर आशंका भरी नज़रों से लेखक जी को देखने लगे।

कुछ देर में मैनेजर आ गया और उस आदमी के साथ लेखक जी के पास गया। उसने हाथ जोड़कर विनम्रता से लेखक जी से कहा,

"सर, हमारे होटल में कोई कमरा खाली नहीं है। आप किसी दूसरे होटल में या अपने घर चले जाइए।" लेखक जी उठकर वहाँ से चल दिये। वे चले गये तो मैनेजर समेत सारे कर्मचारियों ने राहत की साँस ली। मैनेजर बोला, "कितनी ऐय्याशी का जमाना आ गया है। लोग आत्महत्या भी करना चाहते हैं तो फाइव स्टार होटल में।"

उधार का चक्कर

दीपांकुर और पोषित अलग-अलग महाविद्यालय में प्राध्यापक थे। दोनों अच्छे मित्र थे, क्योंकि दोनों एक ही विषय पढ़ाते थे–भूगोल। रहते भी एक ही शहर में थे। दोनों प्रायः एक-दूसरे के घर जाते रहते। भूगोल सम्बन्धी गोष्ठियों, समारोहों में भी दोनों की मुलाकात हो जाती।

एक बार दोनों शहर में ही होनेवाली एक राष्ट्रीय संगोष्ठी में भाग लेने पहुँचे। संगोष्ठी में भाग लेने के लिए पाँच सौ रुपये शुल्क देना पड़ रहा था। दीपांकुर पोषित से बोले, "यार, मेरे पास पाँच सौ रुपये नहीं हैं। मुझे पता ही नहीं था कि यहाँ पाँच सौ रुपये देने पड़ेंगे, अन्यथा मैं जेब में पैसा रख लेता। ऐसा करो कि तुम मेरा भी पाँच सौ रुपया जमा कर दो। मैं बाद में तुम्हें पैसे दे दूँगा।" पोषित ने दीपांकुर का भी शुल्क जमा कर दिया और रसीद ले ली। दोनों मित्रों ने ठाठ से संगोष्ठी में भाग लिया और अपना-अपना शोध पत्र पढ़ा।

संगोष्ठी समाप्त हो जाने के बाद दोनों मित्र अपने-अपने रास्ते चले गये। पोषित सोच रहे थे कि दीपांकुर किसी दिन मेरे पाँच सौ रुपये वापस कर देंगे। उधर कुछ दिनों के बाद बात दीपांकुर के ध्यान से उतर गयी। वे भूल गये कि उन्हें पोषित को पाँच सौ रुपये वापस करने हैं। उधार लेनेवाला भले भूल जाय, देनेवाला कभी नहीं भूलता। तीन-चार महीने बीत गये तो पोषित कसमसाने लगे।

अब जब भी पोषित की दीपांकुर से मुलाकात होती, वे सोचते कि मैं अपना पैसा वापस माँगूँ; लेकिन संकोच में कह नहीं पाते थे। उन्हें पाँच सौ रुपये के लिए एक मित्र से तगादा करना अभद्रता लगती थी। उनका मन एक प्रतिशत भी यह मानने को तैयार नहीं था कि

दीपांकुर उधार लेने की बात भूल गये हैं। वे सोच रहे थे कि इस घाघ आदमी को सब कुछ याद है। यह केवल मेरा पैसा झटकना चाह रहा है। धीरे-धीरे दीपांकुर को देखकर उन्हें बहुत खिसियाहट होने लगी।

एक बार एक महाविद्यालय के प्राचार्य मिल गये पोषित से। उन्होंने कहा, "पोषित जी, बड़ा अच्छा हुआ जो आपसे मुलाकात हो गयी। एक बार दीपांकुर जी मेरे महाविद्यालय में भूगोल की प्रायोगिक परीक्षा लेने आये थे। उसका पाँच हजार रुपये मेरे पास पड़ा हुआ है। मैं पाँच हजार रुपये आपको ही दे रहा हूँ। आप दीपांकुर जी के मित्र हैं। आप ये पाँच हजार रुपये उन्हें दे दीजिएगा।" प्राचार्य ने गिनकर पाँच हजार रुपये उन्हें पकड़ा दिये!

पैसे पाकर पोषित बहुत प्रसन्न हुए। वे अपना पाँच सौ डूबने से जले-भुने बैठे थे। उन्होंने सोचा, 'अब आया ऊँट पहाड़ के नीचे। दीपांकुर को फोन से पैसे मिलने की सूचना दे देता हूँ, उसके बाद भूल जाने का नाटक मैं करता हूँ। दीपांकुर जब बहुत बेहयायी से पैसे माँगेंगे तो अपने पाँच सौ रुपये काटकर वापस कर दूँगा, अन्यथा सारे पैसे दबाकर बैठ जाऊँगा।'

पोषित ने फोन से दीपांकुर को पाँच हजार रुपये मिलने की बात बता दी। साथ ही आश्वासन दिया कि किसी दिन तुम्हारे घर आकर मैं तुम्हारे पैसे दे दूँगा।

दीपांकुर अपने पैसों का इंतज़ार करने लगे। दो महीने बीत गये। वे झुँझला रहे थे कि पोषित ने अभी तक मेरे पैसे क्यों नहीं दिये? वे अपने पैसे माँगने के बारे में सोच ही रहे थे कि अचानक एक दिन उन्हें पाँच सौ रुपये वाली बात याद आ गयी। वे सोचने लगे, 'मैं तो पोषित के पाँच सौ रुपये देना भूल ही गया था। लगता है, पोषित उसी बात से खुन्नस खाया हुआ है। मैं तो सचमुच भूल गया था, लेकिन वह भूलने का नाटक करके मेरी परीक्षा ले रहा है। भलाई इसी में है कि मैं अपने पैसे न माँगूँ।'

मज़बूरी का नाम महात्मा गाँधी

हृदय जी बहुत बड़े पत्रकार और लेखक थे। एक दैनिक समाचार पत्र में रोज उनका स्तंभ छपता था। वह स्तंभ पाठकों के बीच बहुत लोकप्रिय था। अपने स्तंभ के प्रति हृदय जी बहुत संवेदनशील थे। कितनी भी व्यस्तता हो, अपने स्तंभ को लिखने के लिए वे समय निकाल ही लेते थे।

एक दिन गाँधीजी से सम्बन्धित एक बड़ी संगोष्ठी थी। हृदय जी को उस संगोष्ठी का अध्यक्ष बनाया गया था। बीच-बीच में नाश्ते और भोजन के लिए संगोष्ठी स्थगित हुई, परंतु संगोष्ठी चली पूरे दिन।

उस दिन वे अपना स्तंभ नहीं लिख पाये। अध्यक्षता करते हुए वे संगोष्ठी में दस बजे से लेकर शाम छः बजे तक बैठे रह गये थे। उन्होंने शाम को अखबार के संपादक को फोन लगाया, ‘‘संपादक जी, आज मैं अपना स्तंभ नहीं लिख सका। गाँधी जी से सम्बन्धित एक संगोष्ठी में अध्यक्षता कर रहा था। संगोष्ठी दस बजे से शाम छः बजे तक चली। मैं मंच पर ही बैठा रह गया। आज मुझे माफ़ कर दीजिए।’’ संपादक ने कहा,’’ लेकिन आप के स्तंभ के लिए तो हम जगह छोड़कर रखते हैं। उस जगह को कैसे भरें? क्या छापें?’’ हृदय जी बोले, ‘‘भाई मजबूरी है। ऐसा करिए कि गाँधी जी के किसी लेख का उतना हिस्सा छाप दीजिए, जितने में मेरा स्तंभ छपता है। आपकी जगह भर जाएगी। मज़बूरी में गाँधी जी से ही काम चला लीजिए।’’ संपादक हँसने लगे, ‘‘अच्छा? मज़बूरी का नाम महात्मा गाँधी? ठीक है! आपकी बात मान लेता हूँ। वैसे भी हर मजबूरी के वक्त हमारे देश में गाँधी जी ही काम आते हैं।’’

भाग्यशाली

सागर एक बैंक में क्लर्क थे। आदमी मेहनती थे और दिल के साफ। इस कारण बैंक में उनकी काफी इज़्ज़त थी। ग्राहकों में वे बहुत लोकप्रिय थे, क्योंकि लोगों को बिना परेशान किये वे जल्दी से जल्दी सबका काम कर देते थे।

बैंक में स्थानान्तरित होकर एक नये क्लर्क आये। नाम था, भवदेव। भवदेव के बारे में बैंक के लोगों को पता चला कि वे एक अच्छे ज्यातिषी भी हैं। फिर क्या था! बैंक के सारे कर्मचारी भवदेव के आगे-पीछे घूमने लगे। ज्यादातर लोगों को भविष्य की फिक्र रहती है। किसी को अपने भविष्य की तो किसी को बच्चों के भविष्य की। सागर ने भी भवदेव से दोस्ती गाँठ ली। उन्हें सचमुच एक ज्योतिषी की बड़ी आवश्यकता थी।

सागर के तीन बेटियाँ ही बेटियाँ थीं–बड़ी मुन्नी, छोटी मुन्नी और नन्हीं। बड़ी मुन्नी इस समय एम.ए. कर रही थी। छोटी मुन्नी बी.ए. में थी, जबकि नन्हीं को इस साल इंटरमीडिएट बोर्ड की परीक्षा देनी थी। सागर को अपनी तीनों बेटियों के भविष्य की चिन्ता थी। उन्होंने तीनों की जन्मपत्री बनवा रखी थी। उन्हें तलाश थी किसी अच्छे ज्यातिषी की, जो तीनों की जन्मपत्री को ढंग से बाँच सके।

सागर अक्सर भवदेव से अपने घर चलने का आग्रह करते, लेकिन भवदेव टाल जाते। सागर उन्हें कभी अपना असली मन्तव्य नहीं बताते थे। बस आग्रह करते थे कि चलिए मेरे घर एक कप चाय पीकर मेरे घर को धन्य कर दीजिए। भवदेव को पता था कि किसी के भी घर जाने का मतलब होता है, उसके खानदान भर के भविष्य के बारे में बताना।

एक दिन भवदेव सागर के घर चलने के लिए तैयार हो गये। बैंक में छुट्टी होने के बाद वे सागर के साथ उनके घर चल दिये। सागर ने अपने ड्राइंगरूम में उन्हें बड़ी इज़्ज़त के साथ बैठाया। सागर की तीनों बेटियाँ भी आ गयीं। वे भी भवदेव को घेरकर बैठ गयीं।

सागर ने अपनी बड़ी बेटी से कहा, "बड़ी मुन्नी, जाओ अंकल के लिए एक गिलास पानी ले आओ।" बड़ी मुन्नी ने आदेश दूसरी को ट्रांसफर कर दिया, "छोटी मुन्नी, जाओ अंकल के लिए एक गिलास पानी ले आओ।" दूसरी ने तीसरी की ओर निहारा, "नन्हीं, जाओ अंकल के लिए एक गिलास पानी ले आओ।" तीसरी उठी और जाकर अन्दर से एक ट्रे में मिठाई और पानी लेकर आयी।

कुछ देर बाद सागर ने फिर अपनी बड़ी बेटी से कहा, "बड़ी मुन्नी, जाओ अंकल के लिए चाय बना लाओ।" बड़ी मुन्नी ने फिर आदेश ट्रांसफर किया, "छोटी मुन्नी, अंकल के लिए चाय।" छोटी मुन्नी ने तीसरी को इशारा किया, "नन्हीं, अंकल के लिए चाय।" तीसरी फिर उठी। जाकर चाय बनाया। एक ट्रे में चाय और नमकीन लेकर आयी। तब तक सागर और भवदेव इधर-उधर की बातों में मशगूल थे। सागर ने अभी जन्मपत्री और कुंडली की चर्चा नहीं छेड़ी थी।

थोड़ी देर बाद सागर ने फिर बड़ी बेटी को टोका, "बेटा, जरा मेरे लिए एक गिलास पानी ले आओ।" बड़ी बेटी ने दूसरी को आदेश दिया, "छोटी मुन्नी, पापा के लिए एक गिलास पानी लाओ।" दूसरी ने आदेश को उचित स्थान पर पहुँचाया, "नन्हीं, जाओ पापा के लिए एक गिलास पानी ले आओ।" तीसरी उठकर पानी लेने चल दी। भवदेव बड़े गौर से यह सारा तमाशा देख रहे थे।

कुछ देर बाद सागर मुद्दे पर आ ही गये, "भवदेव जी मेरे पास अपनी तीनों बेटियों की जन्मपत्रियाँ हैं। आप एक बार जरा देख लेते कि मेरी बेटियों के भाग्य में क्या लिखा है?" भवदेव बोले, "आपकी बेटियों का भाग्य जानने के लिए जन्मपत्री देखने की क्या जरूरत है? आप की बेटियों का भाग्य तो ऐसे ही दिख रहा है। बड़ी मुन्नी और छोटी मुन्नी बहुत भाग्यशाली हैं कि भगवान ने उन्हें नन्हीं जैसी बहन दे दिया है।"

काज परे कछु और है, काज सरे कछु और

वरीश एक कवि थे। उनके शहर की एक संस्था हर साल किसी एक कवि के कविता संग्रह को पुरस्कृत करती थी। पुरस्कार की राशि थी एक लाख रुपये। शर्त यह रहती थी कि कविता संग्रह का प्रकाशन दो साल के अन्दर हुआ हो।

वरीश का भी एक कविता संग्रह छपा। उन्होंने अपने कविता संग्रह को पुरस्कार प्रदान करने वाली संस्था में जमा कर दिया, इस आशय का एक पत्र लिखकर कि उनके कविता संग्रह पर भी पुरस्कार हेतु विचार किया जाय।

संस्था ने कुल मिले हुए कविता संग्रहों में से पाँच अच्छे कविता संग्रहों को छाँटा और तय किया कि इन्हीं में से किसी एक को पुरस्कृत किया जाएगा। संस्था ने पाँचों कविता संग्रहों को गोपनीय रूप से शहर के प्रतिष्ठित आलोचक यतीन्द्र जी के पास भेज दिया। यह तय करने के लिए कि पाँचों कविता संग्रहों में से किसे पुरस्कृत किया जाय?

वरीश को अत्यन्त विश्वस्त सूत्रों से पता चल गया कि छँटे हुए पाँच कविता संग्रह यतीन्द्र जी के पास भेजे गये हैं। उनमें उनका भी कविता संग्रह है। यतीन्द्र जी ही तय करेंगे कि पुरस्कार किसे दिया जाएगा। वरीश की यतीन्द्र जी से काम भर को जान-पहचान थी।

एक दिन वरीश पहुँच गये यतीन्द्र जी के यहाँ। यतीन्द्र जी ने उन्हें ससम्मान बैठाया और नाश्ता कराया। वरीश ने बीच में ही हाथ जोड़कर अपनी बात कह दी, "सर, सुना है कि इस साल काव्य पुरस्कार के निर्णायक आप ही हैं। आपके पास जो पाँच कविता संग्रह आये हैं, उनमें से एक मेरा भी है। इस साल कृपा करके मुझे पुरस्कृत

करवा दीजिए।'' यतीन्द्र जी तैयार हो गये, ''अरे भाई, आप अपने हैं। मेरे हाथ से अगर आप का कुछ कल्याण हो जाय, तो मेरे लिए इससे खुशी की बात क्या होगी?''

अब तो वरीश हर हफ्ते यतीन्द्र जी के घर का चक्कर लगाने लगे। यतीन्द्र जी भी विश्वविद्यालय की नौकरी से सेवानिवृत्त हो चुके थे। वे भी वरीश के साथ बैठकर घंटों गपशप करते। चाय-पानी पिलाते सो अलग। अक्सर आते-आते वरीश यतीन्द्र जी के बड़े घनिष्ठ और अंतरंग बन गये।

वरीश के आते-जाते छः महीने बीत गये। यतीन्द्र जी ने पुरस्कार हेतु वरीश के कविता संग्रह की संस्तुति कर दी और वह पत्र उन्हें दिखा भी दिया। वरीश ने उनके पैर पकड़ लिये। यतीन्द्र जी ने अपना पत्र और पाँचों कविता संग्रह संस्था को भेज दिया। यह बात वरीश को पता चल गयी।

अब वरीश गायब हो गये। उन्होंने यतीन्द्र जी के यहाँ जाना छोड़ दिया। यतीन्द्र जी को वरीश के साथ गपशप करने की लत लग गयी थी। वरीश दो महीने तक नहीं आये तो एक दिन यतीन्द्र जी ने उन्हें फोन किया, ''अरे वरीश जी, आप तो इस तरह गायब हो गये, जैसे गधे के सिर से सींग। आ नहीं रहे हैं। कहाँ हैं?'' वरीश ने उत्तर दिया, ''सर, बड़ी व्यस्तता आ गयी है। मैं बहुत परेशान चल रहा हूँ। कई दिनों से आपके यहाँ आने की सोच रहा हूँ, लेकिन आ नहीं पा रहा हूँ।'' यतीन्द्र जी हँसने लगे, ''आप यह सोच लीजिए कि मैंने अभी पुरस्कार हेतु आपके नाम की संस्तुति नहीं की है। फिर देखिए। सारी व्यस्तता छूमंतर हो जाएगी।''

लघुकथा का मसाला

कांति एक साहित्यकार थे। उनके पड़ोसी थे, सत्यांशु। सत्यांशु भी बहुत साहित्य प्रेमी व्यक्ति थे। इसीलिए कांति जब भी किसी साहित्यिक संगोष्ठी या समारोह में जाने लगते, वे सत्यांशु को भी साथ ले-लेते। साहित्येतर संगोष्ठियों-समारोहों में भी कांति पहुँच जाते थे। उन्हें बुलाया गया हो या न बुलाया गया हो। जहाँ भी जाते, सत्यांशु को जरूर पकड़े ले जाते।

कांति की एक खास आदत थी। वे समारोह के हाल या पंडाल में एकदम पीछे बैठते थे। सत्यांशु को यह अच्छा नहीं लगता था। वे कांति पर आगे चलकर बैठने के लिए दबाव डालते। कांति उन्हें एक ही उत्तर देकर शांत कर देते, "आपको यह एक समारोह लग रहा है न? मेरे लिए यह समारोह नहीं है। यह मेरी लघुकथा के लिए मसाला है। पीछे बैठना इसलिए जरूरी है, जिससे सारा मसाला आँखों के सामने रहे।"

कांति अपनी सारी लघुकथाएँ सत्यांशु को जरूर पढ़ाते थे। उन लघुकथाओं को पढ़कर सत्यांशु को कांति के पीछे बैठने का मर्म समझ में आता था। विभिन्न संगोष्ठियों-समारोहों में बड़े भव्य ढंग से मंच पर आसीन नेता-मंत्री, साहित्यकार-विद्वान, तथाकथित बड़े-बड़े लोग कांति की लघुकथाओं में घायल होकर औंधे मुँह गिरे होते और कराह रहे होते थे। तथाकथित बड़े लोगों की ऐसी छीछालेदर देखकर सत्यांशु को बड़ा मज़ा आता था।

एक दिन कांति सत्यांशु को एक देवी जागरण में पकड़ ले गये। दोनों के घर के नज़दीक ही था जागरण। सत्यांशु को पता था कि कांति

देवी जी के बड़े भक्त हैं। उन्होंने कांति को छेड़ा, "सचमुच देवी जी के जागरण भाग लेने चल रहे हैं या लघुकथा का मसाला देखने चल रहे हैं?" "राम राम..." कांति ने दोनों कान पकड़ लिये, "देवीजी के जागरण में कोई इधर-उधर की बात नहीं!"

देवी जागरण में कांति दो बजे रात तक बैठे रहे। उनके साथ मजबूरी में सत्यांशु भी बैठे रहे। दो बजते ही कांति ने सत्यांशु को इशारा किया। सत्यांशु को मन माँगी मुराद मिली। उन्हें नींद आ रही थी।

रास्ते में सत्यांशु ने कहा, "आज आप इतनी देर तक कार्यक्रम में भाग लेने के बावजूद बिना किसी लघुकथा के लौट रहे हैं।" "नहीं, ऐसा नहीं है!" कांति ने उत्तर दिया "मुझे लघुकथा लिखने का एक जबर्दस्त विषय मिला।" सत्यांशु उछल पड़े, "आपने तो कहा था कि आप मसाला देखने नहीं चल रहे हैं। फिर आपको कैसे मिल गया मसाला?" "देवी माँ की कृपा से मुझे लघुकथा लिखने के लिए मसाला मिल गया तो मैं क्या करूँ?" कांति बड़ी मासूमियत से बोले। सत्यांशु ने पूछा, "क्या मसाला मिला?" कांति बताने लगे, "जागरण में जो भजन गाये जा रहे थे, आपके पल्ले पड़ रहे थे? कई बाजे एक साथ जोर-जोर से पीटे जा रहे, जिसके कारण गाया क्या जा रहा है, समझ में ही नहीं आ रहा था। गानेवाला व्यक्ति ऐसा लगता था, जैसे मुँह के पास माइक लगाये, जोर-जोर कुछ चीख रहा हो। कभी-कभार भजन की एकाध लाइन समझ में आ जाती थी। बाकी, गानेवाला क्या चिल्ला रहा है, कुछ समझ में ही नहीं आ रहा था। जोर-जोर से पीटे जाते हुए बाजों की आवाज़ अभी तक कान में गूँज रही है। इसी पर लिखूँगा लघुकथा।"

मियाँ-बीवी का मामला

उस समय मोबाइल-फोन का प्रचलन नहीं था। पहले ही बताना जरूरी है, नहीं तो आप बीच में बोल पड़ेंगे कि मोबाइल-फोन से बात कर लेते।

सुभाष का बेटा स्वतन्त्र दूरसंचार विभाग में इंजीनियर हो गया। सुभाष और उनकी पत्नी दिव्या बड़े प्रसन्न हुए कि बेटे को अच्छी और सरकारी नौकरी मिल गयी।

सुभाष तगड़े जुगाड़वाले आदमी थे। उन्होंने बेटे की पहली नियुक्ति अपने शहर में ही करा ली। उनके सिर्फ एक बेटा और बेटी ही थे। बेटी की वे शादी कर चुके थे। पति और पत्नी दोनों चाह रहे थे कि बेटा साथ में ही रहे। अपने जुगाड़ से उन्होंने अपनी मनोकामना पूरी कर ली।

बेटा नौकरी करने लगा तो चारों तरफ से उसके रिश्ते आने शुरू हो गये। सुभाष एक महाविद्यालय में प्रोफेसर थे। उनकी उम्र थी पचपन साल। मतलब यह कि वे अभी नौकरी कर रहे थे, रिटायर नहीं हुए थे। पति-पत्नी जब फुर्सत पाते, लड़कियों की फोटो और उनका परिचय उलटने-पुलटने लगते। दोनों को इस काम में बड़ा सुख मिलता था। दिव्या अक्सर इस कल्पना में खोयी रहतीं कि बहू घर में आ गयी है। वे शान से बिस्तर पर लेटी हैं और बहू उनका पैर दबा रही है।

अन्ततः एक रिश्ता उन्हें पसंद आया। परिवार दिल्ली का था। लड़की के पिता दिल्ली में अधिकारी थे। लड़की दिल्ली विश्वविद्यालय में एम.ए. कर रही थी। स्वतंत्र से राय-मशविरा करके सुभाष और दिव्या ने शादी के लिए हाँ कह दी।

बड़ी धूमधाम से शादी हुई। लड़की के बाप ने बिना कहे भरपूर

दहेज दिया। सुभाष और दिव्या ने जितना सोच रखा था, उससे चार गुना ज्यादा। एक शानदार कार दी सो अगल। इतना दहेज पाकर सुभाष, दिव्या और स्वतंत्र; तीनों निहाल हो गये। समाज में उनकी इज़्ज़त एकदम से बढ़ गयी। लड़की का नाम था चाँदनी। तीनों ने चाँदनी को सिर-आँखों पर बैठा लिया।

चाँदनी चूँकि अभी एम.ए. कर रही थी, अतः उसका दिल्ली आना-जाना लगा रहता था। वह स्वतंत्र के पास कम, दिल्ली ज्यादा रहती थी। शादी के साल भर हो गये। एक बार चाँदनी दिल्ली गयी। दो महीने बीत गये। चाँदनी आने का नाम ही नहीं ले रही थी। उसने कोई चिट्ठी-पत्री भी नहीं भेजी। सुभाष, दिव्या और स्वतंत्र तीनों अकुला रहे थे।

एक दिन शाम को सुभाष और दिव्या बैठकर नाश्ता कर रहे थे। अचानक स्वतंत्र आ गया। वह बहुत गुस्से में था। उसने दिव्या से कहा, "ऐसा है मम्मी, अब चाँदनी दिल्ली में ही रहे। उसे यहाँ आने की कोई जरूरत नहीं है। मैं उसे अपनी पत्नी के रूप में नही रख पाऊँगा। आप लोग मेरे ऊपर अनावश्यक दबाव मत डालिएगा। मैंने चाँदनी से तलाक लेने का मन बना लिया है। उसे यहाँ अच्छा नहीं लगता। घूम-फिरकर दिल्ली ही रहती है।" दिव्या और सुभाष अवाक् रह गये। कुछ देर में सुभाष बोले, "बेटा, शादी गुड्डे-गुड़िया का खेल नहीं है कि जब मन आया पास रख लिया, जब मन आया फेंक दिया। वह एम.ए. की पढ़ाई कर रही है। यह उसका अन्तिम साल है। यह अच्छी बात है कि वह अपनी पढ़ाई पर ध्यान दे रही है।"

"कुछ पढ़ाई पर ध्यान नहीं दे रही है।" स्वतत्रत भड़क गया, "इतनी पढ़ाई नहीं कर रही है कि दो महीने में एक चिट्ठी तक नहीं भेज सकती। पढ़ाई उसके लिए यहाँ से भागने और दिल्ली में रहने का बहाना है। मैं किसी कीमत पर उसे अपने साथ नहीं रखूँगा।" स्वतंत्र पैर पटकते हुए अपने कमरे में चला गया। पति-पत्नी दोनों सन्न रह गये। अब क्या होगा?

रात के दो बज रहे थे। सुभाष और दिव्या बिस्तर पर करवटें बदल

रहे थे। चिन्ता के मारे उन्हें नींद नहीं आ रही थी। कैसे समझाया जाय स्वतंत्र को? समाज में नाक कट जाएगी? अचानक किसी ने दरवाजा खटखटाया। सुभाष और दिव्या चौंककर बैठ गये। स्वतंत्र के अलावा और कौन खटखटा सकता है? दिव्या ने जल्दी से दरवाजा खोला। सचमुच सामने स्वतंत्र खड़ा हुआ था। एकदम सजा-बजा हुआ। एक हाथ में सूटकेस था। उसने दिव्या से कहा, ''माँ, मैं दिल्ली जा रहा हूँ। अपने ससुराल। चाँदनी की बहुत याद आ रही है। तुम दरवाजा अन्दर से बन्द कर लो।'' स्वतंत्र दरवाजा खोलकर तेज कदमों से बाहर चला गया। दिव्या ने दरवाजा अन्दर से बन्द कर लिया।

सुभाष और दिव्या बिस्तर पर हँसते हुए लोट-पोट हो रहे थे।

लतखोर

ठाकुर रण सिंह गाँव के जमींदार थे। अभी भी काफी जमीन-जायदाद पड़ी हुई थी, जो बताते थे कि खानदान के सितारे कभी बहुत बुलन्द हुआ करते थे। रणसिंह का इकलौता बेटा था प्रण सिंह। वह इस समय बीस साल का था। कुछ पुराने लोग अभी भी थे जो रण सिंह के परिवार के प्रति बहुत वफ़ादार थे और हमेशा सेवा में हाज़िर रहते थे।

गाँव में एक व्यक्ति था, बल सिंह। रण सिंह का पट्टीदार था वह। बल सिंह भयंकर शराबी था। उसकी उम्र पचास के आसपास थी। शराब के चलते सब कुछ बिक चुका था उसका। इस समय वह दो वक्त के भोजन के लिए मोहताज था। रस्सी जल गयी थी, लेकिन ऐंठन बाकी थी। गाँव में वह अपने को किसी से कम नहीं समझता था। खासकर रण सिंह से । रण सिंह को वह अपना प्रतिद्वन्द्वी मानता था। कभी-कभी जब वह नशे में एकदम धुत रहता, रण सिंह के दरवाजे पर चढ़ आता और लगता रण सिंह को गालियाँ देने। रण सिंह के शुभचिंतक भी जुट जाते। रण सिंह बल सिंह को बचाने के लिए खड़े हो जाते। मजाल क्या कि कोई बल सिंह पर हाथ छोड़ दे। उसकी ओर जो भी हाथ उठाने के लिए बढ़ता उसे रण सिंह आँखे तरेरकर डाँटने लगते। वह लोगों से कहते कि इसको ठेल-ठालकर इसके घर तक छोड़ आओ।

रण सिंह अपने वफादारों को अक्सर डाँटते-फटकारते रहते थे। कभी-कभी गुस्से में आकर उन्हें उल्टा-सीधा भी कह देते। लेकिन वे बल सिंह को कभी कुछ कहने के बजाय हमेशा उसकी मान-मनुहार में ही लगे रहते। कभी छुपाकर उसे पैसे देते, कभी चुपके से उसके

घर बोरे-दो बोरे अनाज भिजवा देते, कभी चुपचाप उसके लिए कपड़े खरीद देते। उम्र में बल सिंह रण सिंह से छोटा था, फिर भी रण सिंह उसे नमस्कार करते थे। वे हमेशा इस बात के लिए परेशान रहते कि मैं ऐसा क्या कर दूँ कि बल सिंह मुझसे खुश रहे, लेकिन कुत्ते की दुम थी कि सीधी होने का नाम नहीं ले रही थी। रण सिंह की देखा-देखी उनका बेटा प्रण सिंह भी बल सिंह की खुशामद में लगा रहता। वह बल सिंह को चाचा कहता था और उसे देखते ही झुककर प्रणाम करता। बल सिंह फिर भी ऐंठा रहता। जब मन में आता शराब पीकर रण सिंह के दरवाजे पर चढ़ आता और उन्हें गालियाँ देने लगता था।

रण सिंह का एक बहुत ही वफादार व्यक्ति था, चन सिंह। उम्र में चालीस के आसपास। चन सिंह इस बात से बड़ा क्रुद्ध रहता कि बल सिंह जब नहीं तब रण सिंह के दरवाजे पर चढ़ आता और उन्हें गालियाँ देता। बल सिंह को कहीं भी देखकर चन सिंह की भुजाएँ फड़कने लगतीं। रण सिंह के सामने वह बल सिंह को नहीं पीट पाता था। उसने एक अनोखा तरीका निकाल लिया था। बल सिंह से कभी -कभार अकेले में वह अनावश्यक झगड़ा कर लेता और उसे पटक-पटककर मारता। शराब की अति के कारण बल सिंह के शरीर में बिलकुल ताकत नहीं थी।

रण सिंह की यही एक बात, जो बेटे सहित वे हमेशा बल सिंह की खुशादम में लगे रहते थे, चन सिंह को अच्छी नहीं लगती थी। रण सिंह कभी-कभार चन सिंह को भी बुरी तरह डाँट देते थे, लेकिन चन सिंह कभी बुरा नहीं मानता था।

एक दिन चन सिंह रण सिंह को समझाने लगा, ‘‘ठाकुर, आपकी यह आदत लोगों को अच्छी नहीं लगती। आप अपने वफादारों को तो हमेशा डाँटते रहते हैं, लेकिन बल सिंह को हमेशा खुश करने में जुटे रहते हैं। बल सिंह जब नहीं तब, दरवाजे पर आकर आपको गालियाँ देने लगता है। आप अगर एक बार आदेश करें तो बल सिंह को ऐसा सबक सिखा दिया जाय कि वह कभी आपके घर की तरफ आँख उठाकर न देखे।’’ रण सिंह चन सिंह पर भड़क उठे, ‘‘तुम मूर्ख हो।

तुम मुझे सिखाने की कोशिश कर रहे हो कि क्या करना चाहिए और क्या नहीं करना चाहिए? राजनीति से समाज में काम लिया जाता है। भविष्य में मुझे समझाने की कोशिश मत करना। समझे?'' संयोग से प्रण सिंह भी वहीं था। उस दिन चन सिंह से रहा नहीं गया। वह अपना आपा खो बैठा, ''आप दोनों, बाप और बेटे, लतखोर हैं। जो गरियाता है उससे दुरुस्त रहते हैं। जो इज़्ज़त से पेश आता है, हमेशा उसे ही डाँटते हैं। मैं जा रहा हूँ। आज के बाद कभी आपके दरवाजे पर नहीं आऊँगा।''

अगले दिन सवेरे ही रण सिंह और प्रण सिंह, चन सिंह के घर पहुँच गये। वे उसकी तरह-तरह से खुशामद करने में लगे थे।

योग्य उम्मीदवार

विश्वविद्यालय के अर्थशास्त्र विभाग में एक पद खाली था। कुल पद थे छत्तीस, लेकिन विभाग में इस समय पैंतीस प्रोफेसर ही थे। विभागाध्यक्ष ने कुलपति को सलाह दी कि इस एक पद को भी भर दिया जाय। कुलपति तैयार हो गये। उन्होंने विभिन्न समाचार पत्रों में अर्थशास्त्र विभाग के लिए प्राध्यापक का विज्ञापन निकलवा दिया। विभाग में गहमागहमी बढ़ गयी।

फॉर्म जमा करने की अंतिम तिथि तक बहुत सारे आवेदन आ गये। चयन समिति के लिए औपचारिकताएँ होने लगीं। कुलपति इस बात पर विचार-विमर्श करने लगे कि चयन समिति में बाहर से किन-किन विद्वानों को बुलाया जाना है। कुलाधिपति वगैरह से भी चयन समिति बुलाने के लिए अनुमति प्राप्त कर ली गयी।

एक दिन कुलपति ने अर्थशास्त्र विभाग के अध्यक्ष और कुलसचिव को बुलाया। दोनों आ गये तो उन्होंने कहा "आप दोनों तो जानते ही हैं कि जल्दी ही अर्थशास्त्र विभाग की चयन समिति बैठेगी। कुल मिलाकर एक ही पद है। आप लोग इस पर अपनी राय दीजिए कि किस तरह के व्यक्ति का चयन किया जाए?" कुलसचिव हाथ जोड़कर खड़े हो गये। लगे रिरियाने, "सर, मेरे भतीजे ने भी फॉर्म भरा है। उसी का चयन कर दीजिए। मैं आपका यह एहसान जिन्दगी भर नहीं भूलूँगा। मेरे भतीजे की जिन्दगी का सवाल है। प्लीज सर...।" कुलपति गंभीर हो गये, "मैं यह सब नहीं करूँगा। मैं तो योग्यता को वरीयता देना चाहता हूँ। भाई-भतीजावाद मैं किसी कीमत पर नहीं करूँगा। मैं योग्यता को नापने के लिए कोई सुझाव चाहता हूँ।" विभागाध्यक्ष

बोले, "सर, मेरे ऊपर तरह-तरह का दबाव पड़ रहा है, लेकिन मैं किसी दबाव में नहीं आना चाहता। मैं आपसे सौगन्ध खाकर यह भी कह रहा हूँ कि मेरे किसी रिश्तेदार ने आवेदन नहीं किया है। जहाँ तक योग्यता की बात है तो विभाग के लगभग सारे प्राध्यापक योग्य हैं। मैं आपसे कुछ और ही निवेदन करना चाह रहा हूँ और चाह रहा हूँ कि आप बात को गम्भीरता से समझने की कोशिश करें। इस समय विभाग में जितने भी प्राध्यापक हैं, सब अपनी कक्षा शुरू होने के समय आते हैं और जैसे ही उनकी कक्षा समाप्त होती है, घर चले जाते हैं। विभाग के कामों में कोई रुचि नहीं लेता। मैं चाहता हूँ कि सारे लोग अपनी कक्षाएँ समाप्त हो जाने के बाद भी विभाग में रुकें और विभाग के कार्यों में सहयोग करें। इसके लिए मैंने यह सोचा है कि नया चयन किसी लड़की का किया जाय। विभाग में कोई महिला नहीं है। ऐसी सबसे कम उम्र की सुंदर लड़की का चयन किया जाय जो न्यूनतम अर्हता रखती हो। पद के लिए न्यूनतम अर्हता पूरी न करने पर चयन ही नहीं हो सकता, अन्यथा मैं तो बी.ए. की किसी सुंदर लड़की के चयन पर जोर देता। मेरी बात को समझिए सर और किसी कमसिन सुंदरी का कल्याण करिए। तभी विभाग चल पायेगा अन्यथा नहीं। किसी कम उम्र की सुंदर लड़की के विभाग में आ जाने से सारे प्रोफेसर शाम तक विभाग में रुके रहेंगे। कोई उससे दोस्ती करने की कोशिश करेगा तो कुछ उससे सिर्फ बात करके ही मस्त रहेंगे। विभाग में रौनक आ जाएगी और खूब चहल-पहल रहेगी।"

कुलपति सोच में पड़ गये। कुछ देर में वे विभागाध्यक्ष की ओर देखकर मुस्कराये और बोले, "तथास्तु।"

चकमक दीदा, काढ़े कसीदा

श्यामेन्द्र दस वर्ष पूर्व ही नौकरी से रिटायर हो गये थे। रिटायर हो जाने के बावजूद वे पूरी शिद्दत के साथ जिन्दगी को जी रहे थे। वे पहले भी बहुत जिन्दा—दिल थे और अब भी।

श्यामेन्द्र के दो बेटे थे और थीं दोनों की पत्नियाँ। पहली बहू नीलिमा बहुत सुशील और विनम्र थी। एक ढंग से पूरा घर वही सम्हालती। सास-ससुर की सेवा करने से लेकर घर के सारे कामकाज, सब उसके जिम्मे। सब कुछ वह पूरी जिम्मेदारी और विनम्रता से करती थी। दूसरी बहू शन्नो के दो खास गुण थे। बदतमीजी और कामचोरी। अपनी बदतमीजी के बूते वह घर में अपराजेय थी।

शन्नो हमेशा किसी न किसी नौकरी का आवेदन-पत्र ही भरती रहती थी। उसकी बहुत बड़ी ख्वाहिश थी, एक अदद सरकारी नौकरी। अब तक वह कम से कम पच्चीस-तीस नौकरियों के लिए प्रतियोगी परीक्षा दे चुकी थी। उसका दुर्भाग्य था कि उसका पीछा नहीं छोड़ रहा था। अब तक वह किसी नौकरी के लिए प्रारंभिक परीक्षा तक नहीं उत्तीर्ण कर सकी थी। दरअसल उसे कुछ आता-जाता ही नहीं था। पढ़ने में भी उसका दीदा नहीं लगता था।

नीलिमा भले सुशील और विनम्र थी, लेकिन जेठानी-देवरानी की झार तो अपनी जगह थी ही। सब कुछ उसे ही करना पड़ता, इसके कारण उसे बड़ी खुन्नस आती थी। इसी खुन्नस में कभी-कभार देवरानी-जेठानी में कहा-सुनी हो जाती। जब भी ऐसी स्थिति आती शन्नो एक बात जरूर दो-तीन बार दोहराती, "अब तो मुझे किसी भी कीमत पर नौकरी करनी है। मैं जल्दी से जल्दी कोई नौकरी खोजती

हूँ और इस झंझट से मुक्त होती हूँ।''

एक दिन ऐसा ही अवसर था। देवरानी-जेठानी में नोक झोंक हो गयी और नीलिमा अपने दिल का गुबार निकालने लगी। शन्नो भी फट पड़ी, ''अब तो मुझे किसी भी कीमत पर नौकरी करनी है। मैं जल्दी से जल्दी कोई नौकरी खोजती हूँ और इस झंझट से मुक्त होती हूँ।'' श्यामेन्द्र भी वहीं बैठे थे। उन्होंने कहा, ''छोटी बहू, तुम्हारी नौकरी की समस्या समझो हल हो गयी।'' ''कैसे पिताजी?'' शन्नो ने उत्सुकता से पूछा। नीलिमा भी पूरी जिज्ञासा से श्यामेन्द्र की ओर देखने लगी। श्यामेन्द्र बोले, ''आज मैं जब मार्निंग वाक से लौट रहा था तो मुझे चौराहे पर तीन-चार नौकरियाँ मिल गयीं। वे मुझसे पूछने लगीं कि शन्नो का घर कौन सा है? मैंने उन्हें तुम्हारा पता दे दिया है। सारी नौकरियाँ घर पर पहुँचने ही वाली होंगी। वे जैसे ही घर पर पहुँची, समझो तीन-चार नौकरियाँ तुम्हें मिल गयीं।

काम काम में काम

हंसिका और वीना पक्की सहेलियाँ थीं। दोनों एक ही कक्षा में थीं और साथ -साथ ग्रेजुएशन कर रही थीं। दोनों पढ़ने में तो औसत ही थीं, लेकिन देखने में दोनों सुंदर थी। दोनों को एक-दूसरे के सारे रहस्य पता रहते।

स्नातक हो जाने के बाद दोनों ने स्नातकोतर उपाधि भी प्राप्त कर ली। उसके बाद दोनों नौकरी की खोज में लग गयीं। नौकरी करने की दोनों की इच्छा भी थी और मज़बूरी भी। दोनों बहुत ही साधारण परिवार से थीं। घर की आर्थिक स्थिति में योगदान देना दोनों की मज़बूरी थी।

दोनों पढ़ने में बहुत अच्छी नहीं थीं, अतः बढ़िया नौकरी मिलने की विशेष उम्मीद नहीं थी। हाँ, सुन्दर होने के कारण कामचलाऊ नौकरियाँ उन्हें आसानी से मिल जा रही थीं। खासकर सेल्स गर्ल की, जहाँ ग्राहकों को दुकान पर सामान दिखाना होता और थोड़ा सा मुस्कराकर उन्हें सामान खरीदने के लिए राजी करना होता।

नौकरी करने के क्रम में हंसिका और वीना आपस में बिछड़ गयीं। रह दोनों एक ही शहर में रही थीं, लेकिन अतिव्यरतता के चलते दोनों की बात-मुलाकात समाप्त हो गयी।

लगभग तीन साल बाद एक जगह दोनों की मुलाकात हो गयी। हाय-हलो के बाद दोनों गपशप करने लगीं। वीना ने पूछा, "हंसिका, तुम तो बड़ी स्मार्ट हो गयी हो। पहले से भी ज्यादा सुंदर लग रही हो। क्या कर रही हो आजकल?" हंसिका मुस्करायी, "अब तुमसे क्या छुपाना? तुमको सच-सच बता दे रही हूँ कि मैं क्या करती हूँ। मैं एक कालगर्ल बन गयी हूँ।" वीना उसे आश्चर्य से देखने लगी,

"क्या कह रही हो तुम?" "मैं सच कह रही हूँ।" हंसिका बोली, "पहले तो कई दुकानों पर नौकरी की। हर दुकान का मालिक वेतन तो देता था, पाँच-छः हजार रुपये, लेकिन उसकी निगाह मेरे शरीर पर ही रहती थी। अपनी इज़्ज़त बचाते हुए मैं एक दुकान छोड़ दूसरी दुकान, दूसरी दुकान छोड़ तीसरी दुकान पर नौकरी करती रही। बहुत कोशिश करके भी मैं अपनी इज़्ज़त नहीं बचा सकी। मालिकों द्वारा मेरी देह नोची जाने लगी। मैंने सोचा कि जब देह ही नुचवानी है तो पाँच-छः हजार रुपये महीने पर क्यों नुचवाऊँ? मैं कालगर्ल बन गयी। अब मैं महीने में एक से दो लाख रुपये के बीच कमा लेती हूँ। अब मर्द मेरी जूती के नीचे रहते हैं। अब मैं किसी की धौंस नहीं सुनती बल्कि इन मर्दों को धौंस दिखाती रहती हूँ।" वीना बोली, "तुमने तो मेरी दुःखती रग पर हाथ रख दिया। मैं भी इस समय एक सर्राफ की दुकान पर काम कर रही हूँ। उसका मालिक मेरी देह को बहुत नोचता है। पगार मिलती है, वही पाँच हजार रुपये। मैं क्या करूँ?" "तुम कुछ मत करो। हंसिका ने कहा, "तुम मेरे साथ आ जाओ। ऐश से रहोगी और मर्द तुम्हारी जूतियों तले रहेंगे।"

एक अंधा एक कोढ़ी

मंगतराम की उम्र थी, सत्तर साल। पहले नौकरी करते थे, लेकिन अब सेवानिवृत्त हो चुके थे। उनकी पत्नी पैंसठ साल की थीं। मंगतराम के दो बेटे थे, धीर और नीर। धीर और नीर एक ही शहर में नौकरी कर रहे थे। उसी शहर में, जिस शहर में मंगतराम रहते थे। एक ही शहर में रहते हुए भी मंगतराम और उनकी पत्नी अलग किराये पर रहते थे। दोनों मियाँ-बीवी अपने हाथ से बनाते-खाते किसी तरह पड़े हुए थे। मंगतराम को अपनी नौकरी की पेन्शन मिल रही थी, सो जिन्दगी किसी तरह खिंच जा रही थी। धीर और नीर अपने माँ-बाप को बोझ समझते थे, इसलिए किसी भी कीमत पर उन्हें अपने साथ रखने को तैयार नहीं थे।

धीर और नीर भी एक ही शहर में रहते हुए अलग-अलग रहते थे। कारण थीं, उनकी बीवियाँ। धीर की पत्नी लता और नीर की पत्नी बेला, दोनों एक से बढ़कर एक थीं। निहायत कर्कशा, तुनक मिजाज और बदतमीज। दोनों को अपनी स्वतंत्रता में दखलंदाज़ी कतई बर्दाश्त नहीं थी। हाँ, अलग-अलग रहते हुए दोनों में बड़ा बहनापा था और दोनों खूब एक-दूसरे के घर आती-जाती थीं। दोनों दो-दो चार-चार घंटे बैठकर बतियाती रहतीं। आपस में दोस्ती के लिए दोनों के पास एक ऐसा मजबूत और जोरदार मुद्दा था, जो दोनों के लिए साझा था। सास-ससुर को जी भरकर गरियाना। कारण कि वे अपनी पेन्शन में से एक पैसा दोनों में किसी को नहीं देते थे।

धीर के दो बेटे ही बेटे थे, जबकि नीर के एक बेटा था। धीर का बड़ा बेटा अंकित बारहवीं कक्षा में पहुँच गया था और इस बात को

लेकर अपने माँ-बाप पर बहुत क्रुद्ध रहता था कि वे उसके दादा-दादी के साथ बहुत दुर्व्यवहार करते थे। उसे अपने दादा-दादी से बहुत लगाव था और चाहता था कि वे भी साथ में ही रहें। उसे यह अच्छी तरह पता था कि उसकी माँ के चलते यह कभी संभव नहीं हो पायेगा।

एक दिन बेला लता के घर आयी हुई थी और देवरानी-जिठानी बड़े प्रेम से गाली-पुराण शुरू किये हुए थीं। अंकित भी वहीं बैठा हुआ था। बातों ही बातों में लता ने कहा, "हम दोनों देवरानी-जिठानी में ऐसे ही प्रेम-व्यवहार बना रहे। हम दोनों की दोस्ती टूटने न पाये।" अंकित बीच में ही बोल पड़ा, "मम्मी गाँधी जी ने कहा है कि दोस्ती समान गुणवालों की निभती और शोभती है। आप दोनों की मित्रता कभी नहीं टूटेगी, क्योंकि आप दोनों के गुण समान हैं।" अंकित का लहजा व्यंग्यात्मक था। लता और बेला दोनों को अखर गया। लता ने आँखें तरेरकर पूछा, "क्या मतलब है तेरा?" "कुछ नहीं मम्मी, मेरा मतलब है कि राम मिलायी जोड़ी, एक अन्धा एक कोढ़ी।" कहता हुआ अंकित वहाँ से भाग गया।

बुरी नज़र वाले जा जहर खा ले

श्यामित विश्वविद्यालय में हिन्दी के प्रोफेसर थे। उनके घर से विश्वविद्यालय पाँच किलोमीटर दूर था। किसी वाहन से जाने के बजाय वे विश्वविद्यालय रोज रिक्शे से जाते थे। रिक्शे से जाना उन्हें इसलिए अच्छा लगता था, क्योंकि रिक्शा धीरे-धीरे चलता है। आराम से रास्ता नापते हुए, वे वातावरण और परिवेश का पूरा आनन्द लेते हुए चलते। रास्ते की हर छोटी-बड़ी घटना को देखते हुए वे विश्वविद्यालय पहुँचते थे।

श्यामित को घर से विश्वविद्यालय के मार्ग में बहुत सारे ऑटो अर्थात् टेम्पो मिलते थे। उनमें से अधिकांश के पीछे कोई न कोई नारा अर्थात् सुभाषित लिखा रहता। श्यामित उन नारों को बड़े प्रेम से पढ़ते और रस लेते हुए चलते थे। कई ऑटो के पीछे उन्होंने यह वाक्य लिखा हुआ देखा था-बुरी नज़र वाले तेरा मुँह काला। उन्हें लगता कि यह नारा लिखवाने वाले ऑटो का मालिक जरूर देहाती होगा। गाँव वालों के हर चीज़ में टोना ही लगता रहता है। मालिक को लगता होगा कि लोग उसके टेम्पो को टोना लगा देंगे।

एक दिन प्रो. श्यामित रिक्शे से विश्वविद्यालय से घर आ रहे थे। उन्होंने एक ऑटो के पीछे ऐसा सुभाषित देखा कि उछल पड़े। लिखा था-बुरी नज़र वाले तेरे बच्चे जियें, बड़े होकर तेरा खून पियें। वे सोचने लगे, 'चाणक्य के जमाने में भी ऑटो चलते थे क्या? यह नारा तो चाणक्य का लिखा हुआ लगता है। अगर आज के किसी आदमी ने यह नारा लिखा है, तो भारत सरकार को उसे खोजना चाहिए और उसे सरकार का सलाहकार बना लेना चाहिए। निश्चय ही उस आदमी

के पास चाणक्य जितनी बुद्धि होगी।'

ऐसे ही एक दिन श्यामित घर से विश्वविद्यालय जा रहे थे। एक ऑटो पर इसी विषय से सम्बन्धित एक नारा फिर दिख गया। लिखा था-न किसी की बुरी नज़र न किसी का मुँह काला, वही होगा जो चाहेगा ऊपरवाला। श्यामित नारा लिखने वाले की प्रतिभा का लोहा मान गये, 'वाह, वाह! कितना उच्च कोटि का दार्शनिक चिन्तन है। ऐसे विचारक और चिन्तक टेम्पो पर नारा लिखते हुए घूम रहे हैं? हमारे देश का दुर्भाग्य है यह। सारे दार्शनिक ज्ञान का निचोड़ निकालकर रख दिया है पट्ठे ने। देश भर के बाबा इस ज्ञान को बेचते हुए अकूत पैसा पीट रहे हैं और यह बेचारा इतना ज्ञान लेकर ऑटो पर नारा लिखता फिर रहा है। खैर कोई क्या कर सकता है? कभी-कभी सोना मल-मूत्र में जा गिरता है।'

घर घर की बात

"अजी सुन रहे हो? क्या कर रहे हो?" पत्नी बड़े प्रेम भरे स्वर में बोली। गणनायक घबरा गये। वे बैठकर ऑफिस का कुछ जरूरी काम कर रहे थे। वे समझ गये कि पत्नी को माँ की बुराई करनी है। वह भी एक-दो घंटे। पत्नी को जब एक-दो घंटे अपनी सास की बुराई करनी होती, तभी वह इतनी सुमधुर ध्वनि में गणनायक को सम्बोधित करती थी। अन्यथा-"तुमसे ये करने को कहा था, किया..." "तुमसे वो करने को कहा था, किया..." "एक साधारण सा काम भी कह दो तो तुम उसे ठीक से नहीं कर सकते..." "तुम्हारे जैसे कामचोर और निठल्ले से कुछ उम्मीद करना ही बेकार है," इसी तरह की जली-कटी सुनने को मिलती थी।

गणनायक ने कहा, "समझ लो कि मेरी माँ दो साल पहले मर गयीं।" पत्नी तुनकते हए बोली, "लेकिन वह तो अभी जिन्दा हैं। बुढ़िया मर जाती तो बात ही क्या थी।" "नहीं, वे सचमुच नहीं मर गयी हैं। दरअसल मैं अभी बहुत ही जरूरी काम कर रहा हूँ। मैं जैसे ही अपना काम कर लूँगा, माँ को जिला दूँगा। मैं जानता हूँ कि तुम्हें माँ के बारे में कुछ जरूरी बातें बतानी हैं, लेकिन मेरा काम ज्यादा जरूरी है। इसीलिए फिलहाल मैं माँ को मार दे रहा हूँ। काम पूरा होते ही मैं उन्हें जिला दूँगा। फिर तुम्हें उनके बारे में जो कुछ और जितना भी बताना हो, सब बता लेना।"

"लेकिन तुमको कैसे पता चला कि मैं तुमसे तुम्हारी माँ के बारे में बात करने वाली हूँ?" पत्नी ने आश्चर्य से पूछा। गणनायक बोले, "दरअसल मेरी टेलीपैथी काफी अच्छी है। उसी से मुझे पता चल

गया।'' ''ठीक है! अपनी टेलीपैथी का इस्तेमाल करके बताओ कि मेरी माँ इस समय क्या कर रही हैं?'' पत्नी ने पूछा। वे अपना सिर खुजलाने लगे, ''अब मेरी टेलीपैथी इतनी भी तेज नहीं है। मैं क्या जानूँ कि वे क्या कर रही हैं इस समय?'' पत्नी मुस्करायी, ''सच-सच बता दो कि तुम्हें कैसे पता चला।'' उनकी हिम्मत बँधी, ''दरअसल तुम मुझसे बड़े प्रेम से बोली न! तुम मुझसे इतने प्रेम से तभी बोलती हो, जब तुम्हें मेरी माँ की बुराई करनी होती है।''

पत्नी ने उन्हें गुस्से से घूरकर देखा, ''तुम्हारी माँ की बुराई को छोड़कर, मैं तुमसे कायदे से बात नहीं करती? तुम्हारा मतलब है कि मैं एक दुष्ट औरत हूँ? ...मैं जा रही हूँ यहाँ से। तुम बात करने लायक इंसान नहीं हो। आखिर हो तो उसी नीच बुढ़िया के बेटे न! उससे उन्नीस कैसे हो सकते हो?''

अधिकं न दोषाय

जटाशंकर तिवारी विश्वविद्यालय में प्रोफेसर थे। भौतिक विज्ञान के जाने-माने विद्वान थे। कई दिन से उनके घर में लकड़ी का काम लगा था। आज ही काम समाप्त हुआ और बढ़ई कुछ ही देर पहले अपना हिसाब-किताब करके पैसा लेकर गया था।

तिवारी जी ने पत्नी को बुलाया और लगे बड़बड़ाने, "जानती हो? बढ़ई मुझे एक हजार का चूना लगाकर चला गया। उसने पता नहीं कैसे हिसाब किया कि उसके कुल बयालीस हजार बने। वह मुझसे बयालीस हजार लेकर चला गया। मैं अब फिर से हिसाब कर रहा हूँ तो उसके कुल इकतालीस हजार ही बन रहे हैं। एक हजार वह ज्यादा ऐंठ ले गया।" तिवारी जी पत्नी से अपनी बात कह ही रहे थे कि अचानक बनारस से उनके बहनोई आचार्य धरणीधर शास्त्री आ गये। तिवारी जी और उनकी पत्नी शास्त्री के स्वागत में जुट गये। शास्त्री जी संस्कृत के विद्वान आचार्य थे।

शास्त्री जी ने तिवारी जी से पूछा, "अभी मेरे आने पर आप किस बात पर नाराज़ हो रहे थे?" तिवारी जी ने उन्हें सारा बढ़ई प्रकरण बता दिया। शास्त्री जी बड़े शान्त भाव से समझाने लगे, "बढ़ई एक हजार आप से ज्यादा ले गया, इसमें कोई समस्या नहीं है। वह आपसे इकतालीस के बजाय बयालीस ले गया, सो तो ठीक है, लेकिन अगर वह चालीस ही ले जाता तो तुम्हें दोष लगता। शास्त्रों में कहा गया है—अधिकं न दोषाय। उदाहरण के लिए यदि परीक्षा में कहा जाय कि केवल पाँच प्रश्न करने हैं और कोई छात्र छः प्रश्न कर दे तो वह दोषी नहीं है। लेकिन पाँच से कम प्रश्न, अर्थात् चार या तीन प्रश्न

का उत्तर लिखनेवाला दोषी है। इसी तरह यदि किसी मंत्र को एक सौ आठ बार जपना है और जाप करने वाला एक सौ नौ, दस या ग्यारह बार मंत्र को जपता है तो वह गलत नहीं है, परन्तु यदि वह मंत्र को एक सौ सात या छः बार जपता है तो यह दोषपूर्ण है। इसी तरह...''

''बस-बस, मैं समझ गया। सब समझ गया। आप को और समझाने की आवश्यकता नहीं है।'' तिवारी जी घबराकर बोले, ''अधिकं न दोषाय। बढ़ई मुझसे एक हजार ज्यादा ले गया तो कोई बात नहीं। ज्यादा ले गया, कम तो नहीं ले गया।''

शास्त्री जी रात में खाना खाने बैठे। तिवारी जी की पत्नी ने कचौड़ियाँ बनायी थीं। शास्त्री जी खाने लगे। खाते-खाते उन्होंने जब 'अब बस' बोल दिया तो तिवारी जी ने उनकी थाली में दो कचौड़ियाँ और रख दीं, ''अभी कैसे बस?'' आखिरी शास्त्री जी को दो कचौड़ियाँ और खानी पड़ीं। वे बोले, ''अब पेट में बिलकुल जगह नहीं बची है। अब और नहीं!'' तिवारी जी थाली में दो कचौड़ियाँ रखते हुए बोले, ''ये दो कचौड़ियाँ सरहज की तरफ से। इन्हें तो खानी ही पड़ेंगी।'' शास्त्री जी कसमसा उठे। पेट में बिलकुल जगह नहीं बची थी। फिर भी मन मसोसकर खाने लगे। उन्हें भी खा लेने पर वे किंचित् खिन्न स्वर में बोले, ''अब और नहीं! मुझसे नहीं खाया जाएगा।'' तिवारी जी हँसने लगे। उन्होंने थाली में दो कचौड़ियाँ और रख दीं, ''जीजा जी, अधिकं न दोषाय। लीजिए-लीजिए!'' शास्त्री जी उखड़ गये और खड़े हो गये, ''मेरा पेट खराब करके ही मानोगे क्या? नहीं खाऊँगा मैं अब।''

हनुमान चालीसा

सना बानो, नीरा और नीता, तीनों लड़कियाँ गाँव के जूनियर हाई स्कूल में पढ़ती थीं। सातवीं कक्षा में। तीनों पक्की सहेलियाँ थीं। सना बानो पूरी कक्षा में पढ़ने में सबसे तेज थी।

अप्रैल का महीना था। विद्यालय में वार्षिक परीक्षाएँ चल रही थीं। तीनों सहेलियाँ भी परीक्षा दे रही थीं।

उस दिन तीनों सहेलियों ने तय किया कि आज परीक्षा समाप्त होने पर आम के बागों की तरफ चला जाय और अमिया बीनी जाय। कार्यक्रम पक्का। परीक्षा समाप्त होने के बाद तीनों विद्यालय से आम के बागों की ओर चली गयीं। आम के पेड़ों के नीचे छोटी-बड़ी अमिया गिरी हुई थीं। तीनों बीन-बीन कर अपने झोले में डालने लगीं।

पर्याप्त अमिया हो गयी। तीनों खुश। वे घर लौट पड़ीं। रास्ते में एक लसोड़े का पेड़ था। उसको दूर से देखते ही तीनों के प्राण सूख गये। पूरे गाँव में उस लसोड़े के पेड़ के बारे में यह अफवाह थी कि उसमें एक चुड़ैल रहती है। तीनों को यह ध्यान ही नहीं था कि लौटते समय रास्ते में वह पेड़ पड़ेगा। तीनों जहाँ की तहाँ रुक गयीं। आगे बढ़ने की उनकी हिम्मत ही नहीं पड़ रही थी।

गाँव के बच्चों में इस बात का दृढ़ विश्वास था कि अगर कहीं भूत-प्रेत की समस्या आ जाय तो वहाँ हनुमान चालीसा पढ़ना चाहिए। हनुमान चालीसा सुनकर भूत-प्रेत भाग जाते हैं। नीरा ने नीता से पूछा, "तुझे हनुमान चालीसा याद है?" नीता सहमकर बोली," नहीं, मुझे नहीं याद है, और तुझे?" "मुझे भी नहीं याद है।" नीरा ने मायूस होकर उत्तर दिया। "मुझे याद है!" सना बानो ने कहा। तीनों को कुछ ढाँढस बँधा।

एकदम सन्नाटा था। धूप धीरे-धीरे तीखी हो रही थी। नीरा ने सना बानो से कहा "तुम जोर-जोर से हनुमान चालीस पढ़ती हुई चलो। हम दोनों तुमसे सटकर हाथ जोड़े हुए चलेंगी।" सना बानो जोर-जोर से हनुमान चालीसा पढ़ते हुए चल दी। नीरा और नीता हाथ जोड़कर उसके दायें-बाएँ सट लीं। लसोड़े के पेड़ से काफी आगे निकल आने पर तीनों की जान में जान आयी और तीनों भाग खड़ी हुईं।

सना बानो घर पहुँचकर अपने घर में सारा किस्सा सुनाने लगी। किस्सा सुनकर उसके अब्बा भड़क गये," तू हनुमान चालीसा पढ़ती है? अरे इससे हमारा धर्म नष्ट हो जाएगा।" सना बानो भी भड़क गयी, "अब्बा पहले अपनी जान बचाऊँ या धर्म?"

पाण्डेय जी

गाँव में एक-दूसरे के आस-पास सात घर थे। ये घर उपाध्याय ब्राह्मणों के थे। उनकी एक बहुत बड़ी समस्या थी। विन्ध्य के वासी उदासी तपोव्रतधारी महा बिनु नारि दुखारे वाली। ब्राह्मणों का मानना था कि उपाध्याय बहुत छोटे ब्राह्मण होते हैं। अतः उनके यहाँ उच्च कुल वाले ब्राह्मण शादी-ब्याह करने से कतराते थे। लड़कियों की शादी तो जैसे-तैसे हो जाती थी। लड़कों की शादी में बड़ी समस्या आती थी। वही बात—कानी के ब्याह में सौ-सौ बाधाएँ। उच्च कुल के ब्राह्मण एक कहावत सुनाकर उन्हें ताना भी मारते थे—ऊँट उपाध्याय ऊसर, इनके ब्रह्मा दूसर।

एक दिन सातों घर के लोगों ने एक गुप्त बैठक की। उसमें उन्होंने तय किया कि हम लोग उपाध्याय से पाण्डेय बन जाते हैं। सातों घर के लोग मिलकर एक दिन बिरादरी को भोज देते हैं और उसमें हम लोग सब को बता देते हैं कि आज से हम लोग पाण्डेय बन गये। बात एकदम तय। भोज के लिए दिन भी तय हो गया।

गाँव भर के ब्राह्मणों के यहाँ हाथ से लिखी चिट्ठी बँटने लगी। उपाध्याय टोले के ब्राह्मण पाण्डेय बन रहे हैं, इस उपलक्ष्य में फलाँ तारीख को एक बिरादरी भोज है। सब की उपस्थिति प्रार्थित है। उच्चकुल के ब्राह्मण यह सूचना या कि दावतनामा पढ़कर एक दूसरे से चुहलबाजी करने लगे। मजाक सब उड़ा रहे थे लेकिन दावत खाने से किसी को परहेज नहीं था।

नियत दिन धूमधाम से बिरादरी भोज हुआ। गाँव के सारे ब्राह्मणों ने स्वीकार कर लिया कि आज से उपाध्याय टोले के ब्राह्मण पाण्डेय हो गये।

उपाध्याय टोले के सारे लोग पाण्डेय हो गये, लेकिन समस्या जस की तस। कोई उन्हें पाण्डेय कहकर नहीं बुलाता था। दूसरी जातियों के लोग उन्हें 'उपाध्याय जी पाँव लागी' ही कहकर अभिवादन करते थे। ब्राह्मण लोग भी उन्हें—'और उपाध्याय जी', 'कस हो उपाध्याय जी', 'कहाँ चले उपाध्याय जी' कहकर सम्बोधित करते थे।

चिन्तित उपाध्याय टोले की फिर एक दिन बैठक हुई। विचार-विमर्श होने लगा। कैसे लोग हमें पाण्डेय मानेंगे। एक युवक ने सुझाव दिया, "पहले हम लोग तो एक-दूसरे को पाण्डेय जी-पाण्डेय जी कहकर बुलाएँ। तभी दूसरे लोग भी हमें पाण्डेय कहेंगे। अब टोले में कोई किसी का नाम लेकर नहीं बुलायेगा। सब एक-दूसरे को पाण्डेय कहा करेंगे।" सब को विचार पसन्द आया। इस पर विस्तृत रणनीति बनायी गयी।

अगले दिन से तीन-चार लड़के बहुत दूर-दूर खड़े हो जाते। बीचवाला सब से आगेवाले को चिल्लाकर बुलाता। पूरी ताकत लगा कर, "पाँड़े हो SS!" आगेवाला पूरी ताकत लगाकर चिल्लाकर जवाब देता, "हाँ पाँड़े SS! क्या बात है पाँड़े?" बीचवाला फिर चिल्लाता, "तुमको बड़के पाँड़े बुला रहे थे।" फिर पलटकर अपने पीछेवाले से चिल्लाकर पूछता "कस हो पाँड़े SS...बड़के पाँड़े हैं न?" सब से पीछेवाला भी चिल्लाता "हाँ बड़के पाँड़े हैं...पाँड़े को बुलाने के लिए कह रहे हैं!" सबसे आगेवाला चिल्लाता," अच्छा पाँड़े SS! बड़का पाँड़े से कह दो कि पाँड़े आ रहे हैं...।"

रोज इसी तरह का नाटक। सब जोर-जोर से चिल्लाकर टोले के दूसरों को और अपने को पाँड़े-पाँड़े बुलाते रहते। धीरे-धीरे गाँव के लोगों का दिमाग टोलेवालों के लिए पाँड़े शब्द का अभ्यस्त होने लगा। थोड़ा सा समय लगा। गाँव के लोग टोले वालों को पाण्डेय जी कहने लगे।

हर काम के लिए हाँ

बलराम के मित्र थे—जगराम। जगराम बलराम की हर तरह से मदद करने के लिए तैयार रहते थे। बलराम किसी भी काम के लिए जगराम से कहें तो मजाल क्या कि जगराम न कर दें। बलराम ने अगर कहा कि जगराम भाई, आज शाम पाँच बजे मुझे एक टैक्सी की जरूरत थी, अगर आप कहीं से व्यवस्था कर देते तो बड़ी कृपा होती। जगराम तड़ से जवाब देते, "आपने कहा, समझ लीजिए व्यवस्था हो गयी। आप को जहाँ जाना हो, निश्चिन्त होकर तैयारी करिए। ठीक पाँच बजे आपके घर टैक्सी पहुँच जाएगी।" बलराम निश्चिन्त होकर अपना सामान बाँधने लगते। पाँच बज जाते और टैक्सी नदारद रहती। पाँच बजे से इंतज़ार करते-करते छः बज जाते। जगराम के मोबाइल फोन पर बलराम घंटी पर घंटी मारते रहते। घंटती बराबर बजती रहती पर फोन नहीं उठता था। टैक्सी नदारद! बलराम हाँफते-भागते किसी तरह अन्तिम समय पर कहीं न कहीं से खुद टैक्सी की व्यवस्था करते।

जगराम अपने मित्र बलराम की इसी तरह मदद करते थे। बलराम ने किसी काम के लिए इच्छा जतायी नहीं कि जगराम ने हाँ किया। यह बात दूसरी थी कि हाँ सिर्फ जबानी हाँ ही रह जाता। क्या मजाल कि यह हाँ कभी सचमुच के हाँ में परिवर्तित हुआ हो। एक भी अपवाद नहीं।

एक बार जगराम किसी काम से भोपाल जा रहे थे। भोपाल में बलराम के एक मित्र रहते थे। उन्हें कोई बहुत ही जरुरी सामान बलराम के पास भेजना था। जगराम के भोपाल जाने की बात सुनकर बलराम बहुत खुश हुए। उन्होंने जगराम से कहा कि भोपाल में एक मेरे मित्र

हैं। उनसे मिलकर तुम मेरा एक जरूरी सामान ले लेना। जगराम ने तुरंत हाँ कर दिया।

जगराम भोपाल गये। वहाँ से लौट भी आये। वे बलराम के मित्र से नहीं मिले। बलराम के मित्र ने बलराम को फोन करके बताया कि जगराम जी से मेरी फोन पर बात हुई थी। उन्होंने मेरे घर आने को कहा था, लेकिन वे आये ही नहीं। बलराम बहुत क्रुद्ध हुए। उन्होंने तय किया कि जगराम के घर चलता हूँ और उन्हें बुरी तरह शर्मिन्दा करता हूँ।

बलराम जगराम के घर पहुँचे। जगराम ने उनका गर्मजोशी से स्वागत किया। बलराम ने उनसे कहा, "जगराम तुम मेरा हर काम करने को तैयार रहते हो। मुझे किसी काम के लिए मना नहीं करते। मेरा एक बहुत जरूरी काम था। कर दोगे?" "हाँ-हाँ क्यों नहीं? आप आदेश तो करिए।" जगराम बोले। बलराम ने थोड़ा चिढ़कर कहा, "मैं चन्द्रमा पर दो सौ वर्ग मीटर का एक प्लाट खरीदना चाहता हूँ। तुम मुझे दिला सकते हो?" जगराम के चेहरे पर जरा भी शिकन नहीं आयी, "हाँ-हाँ क्यों नहीं? चन्द्रमा पर आप को किधर प्लाट चाहिए? पूरब...पश्चिम...उत्तर...किस तरफ?"

तैलीय महानता

देशराज एक अच्छे कवि थे। वे जिले के दूरदर्शन केन्द्र के निदेशक थे। उनकी साहित्य में बड़ी रुचि थी, परिणाम यह था कि जिले का दूरदर्शन केन्द्र बहुत अधिक साहित्यिक कार्यक्रम बनाता और प्रसारित करता था। कवि गोष्ठी और कवि सम्मेलन तो केन्द्र से खूब प्रसारित होते।

देशराज शहर के साहित्यकारों, विशेषकर कवियों में बहुत लोकप्रिय थे। लोकप्रिय क्या, शहर के कवि और साहित्यकार देशराज जी को इतना अधिक तेलियाते रहते थे कि उनके बहुत अधिक लोकप्रिय होने का एक भ्रमजाल खड़ा हो गया था। दरअसल दूरदर्शन के कार्यक्रमों में भाग लेने वाले साहित्यकारों को दूरदर्शन केन्द्र बहुत अच्छा भुगतान करता था। इसीलिए साहित्यकार हमेशा भँवरे की तरह देशराज के चारों तरफ मँडराते रहते। उनकी एक-एक कविता की नमक-मिर्च लगाकर तारीफ़ करते। उन्हें विश्वास दिलाने का प्रयास करते कि इस समय हिन्दी में उनकी टक्कर का कवि है ही नहीं। शहर में कोई भी साहित्यिक कार्यक्रम हो, एक महान् कवि होने के नाते मुख्य-अतिथियाना या अध्यक्षता देशराज जी को ही करनी पड़ती थी।

इन सारे कर्मकाण्डों का यह नतीजा था कि देशराज को खुद भी यह भ्रम हो गया था कि वे असाधारण कवि हैं। आत्ममुग्धता के कारण वे आचार्य केशवदास की तरह खुद को कविशिक्षा का भी आचार्य समझने लगे थे। कार्यक्रम किसी भी विषय से सम्बन्धित हो, वे प्रायः इसी विषय पर बोलते-मैं कविता कैसे लिखता हूँ, मेरी कविताओं में कैसे असाधरणता आती है, कवियों को किस तरह कविता लिखनी चाहिए,विषयों का किस तरह चयन करना चाहिए, किस तरह लिखने

पर कविताएँ कालजयी बनती हैं आदि-आदि।

दूरदर्शन केन्द्र के निदेशक पद से देशराज सेवानिवृत्त हो गये। फूल मुरझाकर सूख गया, अतः कवियों-साहित्यकारों रूपी भँवरे गायब हो गये। मुख्य-अतिथियाना और अध्यक्षता तो दूर, साहित्यिक कार्यक्रमों के श्रोता के रूप में भी अब उन्हें कोई आमंत्रित नहीं करता था। उनसे जाकर मिलना तो दूर, कवि लोग उनके फोन करने पर अपना मोबाइल ही नहीं उठाते थे। जो लोग बहुत करीबी थे और दूरदर्शन केन्द्र से रोज एक न एक कार्यक्रम झटके रहते थे, मिलने पर कन्नी काटकर निकल जाते थे। कोई साहित्यिक कवि सम्मेलन आयोजित होता तो लोग उन्हें यह कहकर आमंत्रित नहीं करते थे कि देशराज कौन से कवि हैं?

देशराज बहुत खिन्न हो गये। अपने असाधरण कवि होने पर से तो उनका विश्वास नहीं डिगा, हाँ! वे यह सोचने लगे कि अब जमाना बदल गया। समाज से मूल्यों का ह्रास हो रहा है और महान् कवियों को लोग अब सम्मान नहीं देते।

सम्मानजनक अपमान

पुष्पेश और किंशुक शहर के नवोदित साहित्यकार थे। दोनों की उम्र चालीस के आस-पास थी। पुष्पेश शहर के एक महाविद्यालय में प्राध्यापक थे। शहर में एकेडमी नाम की एक उच्चस्तरीय सरकारी संस्था थी। एकेडमी का कार्य था, हिन्दी साहित्य को बढ़ावा देने के लिए तमाम तरह के आयोजन करना। किंशुक एकेडमी में महामंत्री थे और अच्छा वेतन पाते थे।

पुष्पेश बहुत अच्छा लिखते थे, जबकि किंशुक काफी प्रसिद्ध थे। किंशुक एक तो प्रचार में माहिर व्यक्ति थे, दूसरे वे ऐसी जगह थे, जहाँ से देश भर के साहित्यकारों को उपकृत कर सकते थे। पुष्पेश चुपचाप लिखने में विश्वास करते थे, जबकि किंशुक पत्र-पत्रिकाओं में अपना गुणगान करवाने में। कुछ लोग इसलिए लिखते हैं कि उन्हें मरने के बाद भी याद किया जाय और कुछ लोग इसलिए लिखते हैं कि वे जब तक जिन्दा रहें, तब तक अमर रहें। मरने के बाद क्या होता है, किसने देखा है?

पुष्पेश और किंशुक बहुत अच्छे परिचित थे, फिर भी किंशुक के दिल में ईर्ष्या और जलन का भाव था। उन्हें भी पता था कि पुष्पेश मुझसे अच्छा लिखता है, भले ही मुझे ज्यादा लोग जानते हैं और अखबारों में अक्सर ही मेरी फोटो छपती है।

किंशुक एकेडमी की ओर से आयोजित होनेवाले हर कार्यक्रम का आमंत्रण-पत्र पुष्पेश को जरूर भेजते थे। यह जताने के लिए कि कार्यक्रम में आओ चाहे न आओ, देखो कि कितने बड़े-बड़े लोगों से मेरे सम्बन्ध हैं! पुष्पेश कार्यक्रमों में कभी चले जाते थे, कभी नहीं जाते थे।

पुष्पेश का एक नया उपन्यास छपा। उपन्यास बहुत अच्छा था। उपन्यास ने काफी साहित्यिक हलचल मचा दी। पत्र-पत्रिकाओं में पुष्पेश और उनके उपन्यास की भरपूर चर्चा होने लगी। उपन्यास ने निर्विवाद रूप से यह स्थापित कर दिया कि पुष्पेश के सामने किंशुक कहीं नहीं ठहरते।

किंशुक जल-भुन उठे। उनका कलेजा 'अति ज्वलनशील' की स्थिति में पहुँच गया, जैसा कि पेट्रोल और डीजल भरे टैंकरों के ऊपर लिखा रहता है। उन्होंने एकेडमी की ओर से आयोजित होनेवाले कार्यक्रमों का आमंत्रण-पत्र पुष्पेश को भिजवाना बन्द कर दिया। इसके पीछे मंशा थी, पुष्पेश को अपमानित करने की।

एक दिन पुष्पेश और किंशुक के एक साझा मित्र पुष्पेश को मिले। वे कहने लगे, "यार यह तो बड़ी गलत बात है। मुझसे किंशुक मिला था। वह कह रहा था कि पुष्पेश को अपमानित करने के लिए अब मैं एकेडमी द्वारा आयोजित किसी भी कार्यक्रम का आमंत्रण-पत्र उसे नहीं भेजता।" पुष्पेश ठहाका मारकर हँसने लगे, "इसमें अपमान की क्या बात है? कार्ड न भेजकर तो वह मुझे सम्मानित कर रहा है। कार्ड भेजना बंद करके वह मुझे बताना चाह रहा है कि मेरे यहाँ होनेवाले घटिया कार्यक्रम इस लायक नहीं हैं कि उनमें मैं तुम्हें बुलाऊँ! इतना बड़ा सम्मान पाकर मैं किंशुक के ऊपर गद्‌गद हूँ।"

दो पुरुषार्थ

उज्ज्वल जी मोबाइल फोन खरीदने के लिए एक बड़ी दुकान पर पहुँचे। दुकान पर सस्ते से लेकर मँहगे, हर तरह के मोबाइल फोन थे। मोबाइल फोन, आई-फोन, आई-पैड सब कुछ उपलब्ध था वहाँ पर। साधारणा से लेकर अमीर से अमीर आदमी को वहाँ अपने पसन्द की चीज मिल सकती थी।

दुकान पर पाँच-छ : आदमी थे। एक आदमी शान से अलग ही बैठा था। साफ पता चल रहा था कि यह दुकान का मालिक है। उम्र रही होगी तीस के आसपास। एकदम युवा था। उज्ज्वल जी उसे देखते ही रह गये। दुकान का मालिक असाधारण रूप से खूबसूरत था। लम्बाई छ : फीट के आसपास थी।

उज्ज्वल जी मुस्कराते हुए जाकर दुकान के मालिक के पास बैठ गये। उसने औपचारिकतावश पूछा, "कहिए, मैं आप की क्या सेवा कर सकता हूँ?" "सेवा को मारो गोली!" उज्ज्वल जी बोले," मैं यह पूछता हूँ कि आपको मोबाइल की दुकान खोलने की सलाह किसने दे दी?" "क्यों?" दुकानमालिक ने आश्चर्य से पूछा। उज्ज्वल जी मुस्काराये, "इतने खूबसूरत हैं आप! आप मुम्बई जाकर फिल्मी दुनिया में घुस गये होते। मैं दावे के साथ कह सकता हूँ कि आप इस समय एक सुपर स्टार होते।" दुकान मालिक हँस पड़ा, "जीवन के चार पुरुषार्थ होते हैं - धर्म, अर्थ, काम और मोक्ष। मुम्बई की फिल्मी दुनिया में धर्म और मोक्ष मिलते नहीं। वहाँ मिलते हैं सिर्फ अर्थ और काम। इस दुकान से मुझे बहुत कमाई होती है। इतने अर्थ से मैं सन्तुष्ट हूँ। नोटों के गद्दे पर सोने की मेरी कोई इच्छा नहीं है।

काम भी यहाँ बहुत उपलब्ध है। मुझे कहीं नहीं जाना पड़ता। एक से एक सुन्दर लड़कियाँ मोबाइल खरीदने के बहाने, मोबाइल रिचार्ज कराने के बहाने मेरे आसपास मँडराती रहती हैं। मैं चाहे जितनी मात्रा में, चाहे जितनी सुन्दर लड़कियों का भोग करूँ। अर्थ और काम वहाँ उपलब्ध है, अर्थ और काम यहाँ भी उपलब्ध है। फिर मुम्बई जाने की क्या जरूरत? मैं ठाठ से अपनी दुकान में ही क्यों न रहूँ?'' उज्ज्वल जी बोले, ''खूबसूरत ही नहीं, आप एक बुद्धिमान दार्शनिक भी हैं।''

ऐसा वनवास सबको मिले

कृष्णेन्दु जी के एक बेटी और दो बेटे थे। बेटी का नाम था प्रियांशु। बड़े बेटे का नाम श्वेतांक था, जबकि छोटे बेटे का नाम शिवांक था। तीनों बच्चों की शादी हो चुकी थी और इस समय कृष्णेन्दु जी इलाहाबाद में पत्नी के साथ सेवानिवृत्ति का जीवन जी रहे थे।

प्रियांशु के पति बंगलौर में इंजीनियर थे और वह बंगलौर में अपने पति के साथ ही रह रही थी। श्वेतांक बरेली में भारतीय स्टेट बैंक में प्रबन्धक था। सबसे छोटा शिवांक विश्वभारती शांतिनिकेतन विश्वविद्यालय में प्राध्यापक था।

एक बार शिवांक अपने माँ-बाप के पास इलाहाबाद आया। कृष्णेन्दु और उनकी पत्नी अर्थात् उसके माँ-बाप वृद्ध हो चले थे और बड़ी कठिनाई से जीवन यापन कर रहे थे। शिवांक को उनकी दशा देखकर बड़ा कष्ट हुआ। उसने अपने बड़े भाई को फोन किया। कुछ देर तक औपचारिक बातचीत करने के बाद उसने कहा, "भैया, ऐसा करिए कि आप इलाहाबाद अपना स्थानान्तरण करा लीजिए। मम्मी-पापा को अब बहुत दिक्कत हो रही है। आप साथ में रहेंगे तो उनके लिए ठीक रहेगा।" श्वेतांक भड़क गया," तुम अपने परिवार के साथ स्वतंत्र होकर रहो और मैं चलूँ इलाहाबाद में माँ-बाप को झेलूँ। मुझे भी अपनी जिन्दगी को इन्ज्वाय करना है। मैं नहीं आने वाला इलाहाबाद। मेरी पत्नी भी नहीं चाहती कि सास-ससुर उसकी जिन्दगी में कबाब में हड्डी बनें।" शिवांक ने खिन्न होकर कहा, "यहाँ बूढ़े माँ-बाप का खाना कौन बनायेगा?" श्वेतांक बोले, "प्रियांशु के बूढ़े सास-ससुर का खाना कौन बना रहा है? वे दोनों भी तो अकेले रहते हैं!"

"उनकी बात दूसरी है! यहाँ माँ काफी अस्वस्थ रहती हैं।"

"बहुत दर्द हो रहा है तो तुम्हीं अपने परिवार सहित माँ-बाप के पास क्यों नहीं रहते?"

शिवांक को बहुत गुस्सा आया। उसने माँ-बाप से अपने साथ चलने को कहा। दोनों ने इलाहाबाद छोड़कर जाने से मना कर दिया।

शिवांक ने शांतिनिकेतन में अपनी नौकरी छोड़ दी। वह परिवार सहित आकर इलाहाबाद में रहने लगा। बच्चों का नाम इलाबाद में ही लिखा दिया। कृष्णेन्दु जी की पेन्शन से खर्च चल रहा था। कुछ दिनों में शिवांक को इलाहाबाद के एक महाविद्यालय में नौकरी मिल गयी।

चार-पाँच साल बाद बड़ा बेटा श्वेतांक दीपावली की छुट्टी में परिवार सहित इलाहाबाद माँ-बाप के पास आया। अब वह निश्चिन्त था कि इलाहाबाद में माँ-बाप के पास स्थायी रूप से नहीं रहना पड़ेगा। शिवांक तो रह ही रहा है।

एक दिन श्वेतांक माँ-बाप के पास बैठकर उनकी खूब चापलूसी कर रहा था। पास में शिवांक भी बैठा था। श्वेतांक की बातें सुन-सुनकर उसका खून सुलग रहा था। श्वेतांक कह रहा था, "माँ, बाकी सारा परिवार साथ रह रहा है। सब लोग कितने भाग्यशाली हैं। एक मैं ही अभागा हूँ। भगवान ने मुझे ही वनवास दे रखा है।" शिवांक चिढ़कर मुस्कराया, "भगवान ऐसा वनवास सब को दें!"

भोला और मासूम

महाविद्यालय में परीक्षाएँ चल रही थीं। माहौल एकदम सख्त। छात्र और छात्राएँ कसमसा कर रह जा रहे थे। नकल करना तो दूर की बात, वे आपस में काना-फूसी तक नहीं कर पा रहे थे। कक्ष निरीक्षकों ने प्राचार्य के निर्देश पर बच्चों को एकदम टाइट कर रखा था।

उस दिन बी.ए. द्वितीय वर्ष के छात्रों की परीक्षा हो रही थी। विषय था—राजनीति विज्ञान और प्रश्नपत्र था—प्रथम। एक कमरे में डॉ. सुलेखा एक अन्य व्यक्ति के साथ कक्ष निरीक्षक का काम कर रही थीं। उन्होंने देखा कि एक लड़का बार-बार कसमसा रहा है और मौका पाते ही अपने पैण्ट के अन्दर हाथ डाल रहा है। वे परीक्षा के केन्द्राध्यक्ष के पास गयीं। उन्होंने केन्द्राध्यक्ष के कान में फुसफुसाकर कहा, ''सर, मेरे कमरे में एक लड़के की पैण्ट उतरवाकर देखिए। मुझे मामला कुछ गड़बड़ लग रहा है। शायद उस लड़के ने अपने पैण्ट के अन्दर चिट ले रखी है।''

केन्द्राध्यक्ष कमरे में आये। उन्होंने उस लड़के को खड़ा किया। उन्होंने कमरे में ही उससे पैण्ट उतारने को कहा। लड़का आँखें तरेरने लगा, ''आप मुझे अपमानित कर रहे हैं। सबके सामने मेरी पैण्ट उतरवा रहे हैं।'' केन्द्राध्यक्ष गरजे, ''उतारता है पैण्ट या पुलिस को बुलाऊँ?'' कमरे में सब लड़के ही लड़के थे। उसने अपनी पैण्ट उतार दी। पैण्ट के नीचे उसने चड्डी पहन रखी थी। चड्डी के अन्दर से एक पतली सी किताब झाँक रही थी। केन्द्राध्यक्ष ने किताब खींचकर बाहर निकाल ली।

केन्द्राध्यक्ष ने पूछा, ''अब बोल बेटा। यह किताब कहाँ से आयी?''

लड़का हाथ जोड़कर गिड़गिड़ाने लगा, ''मेरी कोई गलती नहीं है! सर पता नहीं कहाँ से आ गयी यह किताब। मैं एक बार पेशाब करने गया था। लगता है, वहीं किसी ने इसे मेरी चड्ढी में डाल दिया।'' केन्द्राध्यक्ष बोले, ''बेटा तुम बहुत भोले और मासूम हो। आज की दुनिया बहुत कठोर और क्रूर है। तुम पास होकर बाहर जाओगे तो यह समाज तुम्हें जीने नहीं देगा। तुम्हारे जैसे भोले और मासूम व्यक्ति के लिए अच्छा होगा कि तुम फेल हो जाओ और अपने घर में रहो।'' उन्होंने उस लड़के को अनुचित साधनों के इस्तेमाल के आरोप में रिस्टीकेट कर दिया।

यह आकाशवाणी है

लखन की उम्र पैंतालीस साल थी। वह अपने परिवार के साथ गाँव में रहता था और खेती-बाड़ी करता था। खींचतान कर घर-गृहस्थी की गाड़ी चल ही जाती थी।

लखन को देश-दुनिया की खबरें जानने का बहुत शौक था। उसके पास न तो टेलीविजन था और न ही इतनी विलासिता कर सकता था कि रोज अखबार खरीदे। कभी-कभी वह पप्पू मास्टर के यहाँ जाकर अखबार पढ़ लेता था।

अपनी समस्या के समाधान के लिए उसने एक रेडियो खरीद लिया। अब वह रोज रात में पौने नौ बजे आकाशवाणी से समाचार सुनने लगा। समाचार सुनकर उसको बहुत अच्छा लगता।

लखन की पत्नी बिट्टी अनपढ़ थी। घर में घड़ी वगैरह भी नहीं थी। रोज रात में आकाशवाणी से समाचार शुरु होता। धीरे-धीरे वह समझ गयी कि यह एक निश्चित समय है। उसने उसे एक निशान बना लिया। कुछ दिनों बाद, जैसे ही रेडियो से आवाज प्रसारित होती, "यह आकाशवाणी है। प्रस्तुत है समाचार संध्या...।" बिट्टी तुरंत चिल्ला पड़ती, "सुनो जी! जाओ माँ-बाबूजी को खाना लगाओ।" माँ-बाबूजी को खाना खिलाने की जिम्मेदारी लखन पर ही थी। लखन रेडियो की आवाज तेज करके माँ-बाबूजी को खाना खिलाने में जुट जाता। अंदर ही अंदर वह झल्लाता रहता क्योंकि वह ठीक से समाचार नहीं सुन पाता था।

कुछ दिनों में लखन परेशान हो गया। हार कर उसने तय किया कि अब वह रोज सवेरे आठ बजे भी समाचार सुनेगा। वह रोज सवेरे

आठ बजे भी समाचार सुनने लगा।

बिट्टी भी रोज सवेरे आकाशवाणी के समाचार के समय सजग हो जाती। धीरे-धरे वह फिर समझ गयी कि यह एक निश्चित समय है और उसने उसे भी निशान बना लिया। अब जैसे ही सवेरे आठ बजे रेडियो बोलता, "यह आकाशवाणी है...", बिट्टी तुरंत आवाज लगाती, "सुनो जी, माँ-बाबूजी को गुड़-पानी दे आओ। मैं चाय बनाने जा रही हूँ। वह भी दे दो।" अब लखन का यह रोज का काम हो गया। सवेरे आठ बजे के समाचार के समय माँ-बाप को गुड़-पानी और चाय देना तथा रात पौने नौ बजे के समाचार के समय उन्हें खाना खिलाना। लखन मन ही मन झल्लाता रहता था क्योंकि न तो वह सवेरे ठीक से समाचार सुन पाता था और न ही रात में, परन्तु पत्नी से कुछ कह पाने की उसकी हिम्मत नहीं थी।

साहित्य से क्रान्ति

वे कुल तीस लोग थे। उनका मानना था कि इस देश में क्रान्ति साहित्य द्वारा ही आ सकती है। अपने हिसाब से वे इसके लिए भरपूर प्रयासरत थे।

अक्सर शहर में कहीं न कहीं इसके लिए संगोष्ठी आयोजित होती थी और साहित्य के विविध विषयों पर गहन मंथन होता था। तीसों मानते थे कि इस तरह संगोष्ठी आयोजित करने से देश में एक न एक दिन क्रान्ति आयेगी जरूर। तीस में से पाँच लोग बोलने के लिए निर्धारित थे और पचीस लोग सुनने के लिए। निर्धारित वही पाँच लोग हर गोष्ठी में बोलते थे। निर्धारित वही पचीस लोग हर गोष्ठी में सुनते थे। भूलता-भटकता कोई और आ जाय तो उसे भी संगोष्ठी में सुनने का हक था।

बोलने वाले पाँचों लोगों की उम्र इतनी अधिक थी कि किसी भी दिन उनके बारे में बुरी खबर छपने की आशंका रहती थी। फलाँ मूर्धन्य साहित्यकार हिन्दी साहित्य को अनाथ करके चले गये। उनके जाने से साहित्य में जो रिक्तता पैदा हुई, वह भविष्य में कभी नहीं भरी जा सकेगी। बाकी पचीस लोग उनके न रहने पर व्यक्त की जाने वाली मार्मिक शोक-संवेदना हमेशा जेब में लिखकर रखे रहते थे। पता नहीं कब दुर्घटना हो जाय और अखबार वाले शोक-संवेदना माँग लें?

पचीस श्रोताओं में कुछ तो नौकरी से सेवानिवृत्त साहित्यप्रेमी थे और कुछ छुटभैये निठल्ले साहित्यकार। कुछ तमाशाई भी थे। संगोष्ठी के आयोजन की जिम्मेदारी कोई प्रकाशन, कोई एकेडमी या कोई सम्मेलन उठाता था। आयोजक की जिम्मेदारी होती थी कि नाश्ते-पानी

की व्यवस्था वह ठीक से करे। नाश्ते-पानी की व्यवस्था ठीक न रहने पर यह भय बना रहता था कि भविष्य की संगोष्ठी में पचीस श्रोताओं में से कोई बगावत न कर दे।

एक बार दिल्ली से आये एक बड़े साहित्यकार से मैं अपने शहर की इन संगोष्ठियों की चर्चा करने लगा। उन्होंने बड़े संतोष से एक लम्बी साँस खींची, "शुक्र है, आपके शहर में अभी कुछ लोग इस बात को मानते तो हैं कि साहित्य से देश में क्रान्ति आ सकती है। वे उस पर बात करते हैं। दिल्ली में बात करना और मानना तो दूर, इस बारे में लोग अब सोचते तक नहीं।"

अज़ीब नमूना

पुष्पराज महाविद्यालय में बी.ए. प्रथम वर्ष में पढ़ता था। वह और छात्रों से कुछ अलग था। कुछ ही महीनों में महाविद्यालय के समस्त अध्यापक उसे जान गये।कारण यह था कि महाविद्यालय की प्राचार्या उससे बहुत चिढ़ने लगी थीं। वह इतने अजीब ढंग से मुस्कराकर उन्हें नमस्ते करता कि वे चिढ़ जाती थीं। प्राचार्या अक्सर बैठकर उसे गाली देती रहतीं, जिसके कारण सारे प्राध्यापक पुष्पराज को जान गये। बड़े आश्चर्य की बात यह थी कि वह पढ़ने में भी अच्छा था। प्राचार्या ने तय कर लिया कि परीक्षाओं में इसे सबक सिखाऊँगी।

परीक्षाएँ शरू हो गयीं। जिस जिन पुष्पराज का पेपर रहता उस दिन प्राचार्या उसके कमरे के आस-पास मुस्तैदी से तैनात रहतीं। बीच-बीच में तीन-चार बार उसकी तलाशी लेतीं। उसकी कॉपी उठाकर, झाड़कर देखतीं। उसकी सारी जेबों में हाथ डाल-डालकर टटोलतीं।

एक दिन पुष्पराज जब अपने कमरे से परीक्षा देने चलने लगा तो उसने अपने पैण्ट की दोनों जेबें अन्दर से पूरी तरह से काट दीं। अन्दर जाँघिया वगैरह नहीं पहना। कमीज पहन ली और वही जेबें कटी पैण्ट। महाविद्यालय पहुंचकर वह चुपचाप परीक्षा देने लगा। प्राचार्या बड़े ताव में उसके पास आयीं। उन्होंने ताव में उसको खड़ा कराया। अपने दोनों हाथ उसके पैण्ट की दोनों जेबों में डाल दिये। उनके दोनों हाथ सीधे पुष्पराज के सामान से टकराये और पुष्पराज का सामान उनके हाथों में आ गया। वे अपने दोनों हाथ उसकी जेब से निकालकर वहाँ से भाग खड़ी हुईं। वे एकदम सन्न रह गयीं और चुपचाप जाकर अपनी सीट पर बैठीं।

प्राचार्या उसके बाद से प्रयास करने लगीं कि वे पुष्पराज के सामने ही न पड़ें।

नियमानुसार काम

डॉ. पूर्णिमा जैसे ही महाविद्यालय में पहुँचीं वे तैश में दनदनाते हुए बड़े बाबू के कमरे की ओर चल दीं। उनका काम काफी दिनों से अटका पड़ा था। उन्होंने बड़े रौब में पूछा "क्यों बड़े बाबू? तुम मेरा काम क्यों अटकाये हुए हो? आखिर तुम चाहते क्या हो?" बड़े बाबू बड़ी विनम्रता से बोले, "मैडम, मैंने आप का काम करने की अपनी तरफ से पूरी कोशिश की लेकिन उसमें थोड़ी सी समस्या आ गयी है। आपको विश्वविद्यालय जाना पड़ेगा और अपने कागज पर वित्त अधिकारी से हस्ताक्षर कराना पड़ेगा। आपका काम तभी आगे बढ़ पायेगा।" पूर्णिमा मैडम पैर पटकते हुए वहाँ से चल दीं।

उनके चले जाने के बाद बड़े बाबू का सहायक चपरासी बोला, "क्या सचमुच इनको अपने कागज पर वित्त अधिकारी से हस्ताक्षर कराना पड़ेगा?" बड़े बाबू बोले, "हाँ, इनको अपने कागज पर वित्त अधिकारी से हस्ताक्षर कराना पड़ेगा, तभी इनका काम आगे बढ़ेगा। वैसे मैं चाहूँ तो बिना वित्त अधिकारी के हस्ताक्षर के भी इनका काम आगे बढ़ सकता है।" "तो क्यों परेशान कर रहे हैं बड़े बाबू? इनका काम कर दीजिए न!" चपरासी ने कहा।

बड़े बाबू गंभीर हो गये, "मैं अनावश्यक क्यों जरा सा भी रिस्क लूँ। पूर्णिमा मैडम को जानते हो? मैं इनके घर भी गया हूँ और पार्टियों में भी देखा है। इनकी दस साल की एक बेटी है और सात साल का बेटा। अपने बच्चों से आप-आप कहकर बात करती हैं। बेटे आपने ये क्यों नहीं लिया, बेटे आपने वो क्यों नहीं किया वगैरह-वगैरह। मैंने इनके मुँह से अपने बच्चों के लिए कभी तुम नहीं सुना है। हमेशा

आप-आप करती हैं। और यहाँ कॉलेज में? सारे क्लर्कों और चपरासियों से तुम-तुम कहकर बात करती हैं। हम लोगों की कोई इज़्ज़त नहीं है क्या? मुझे इनकी यह बात बहुत अखरती है। मैं महाविद्यालय के प्राचार्य का मातहत हूँ, किसी अध्यापक का नहीं। जो अध्यापक मुझसे प्रेम से बोलता है, उसका काम मैं भी नियमों में शिथिलता बरतकर कर देता हूँ। पूर्णिमा मैडम की तरह जो बदतमीजी से पेश आता है, उसका काम मैं नियमानुसार ही करता हूँ।''

गंगा की मेंढकी ही सोना

जलज सिंचाई विभाग में इंजीनियर थे। नयी-नयी शादी हुई थी अतः पत्नी से बहुत प्यार करते थे।

उस दिन पत्नी करवाचौथ का व्रत थी। शादी के बाद पहला करवाचौथ। पत्नी सारा दिन बिना अन्न-जल के कैसे रहेगी, सोचा-सोचकर जलज परेशान थे। पत्नी की मदद करने के लिए उन्होंने करवाचौथ के दिन छुट्टी ले ली। रात में चन्द्रमा के निकलने पर आटे की छन्नी से पति का चेहरा देखने के बाद जल ग्रहण करना था। उनकी पत्नी कई बार बिना अन्न-जल के व्रत रख चुकी थी, अतः उन्हें उतनी परेशानी नहीं थी। जलज यह सोच-सोचकर परेशान हो रहे थे कि पत्नी को कितना कष्ट हो रहा होगा, क्योंकि जीवन में उन्होंने कभी व्रत नहीं रखा था।

राम-राम करते हुए रात हुई। जलज बार-बार सीढ़ियों से दौड़कर छत पर जाते और देखते कि चन्द्रमा निकला या नहीं। अन्ततः चन्द्रमा निकल आया। जलज उत्साह में दौड़ते हुए पत्नी के पास पहुँचे, "चन्द्रमा निकल आया। चलो जल्दी छत पर पूजा करने। लाओ तुम्हारा आधा सामान मैं लिये चलता हूँ।"

पत्नी छत पर चन्द्रमा की पूजा करने लगी। अचानक पत्नी बोली "सब गड़बड़ हो गया। घर में आटे की छन्नी तो है ही नहीं।" पति-पत्नी दोनों सोच में पड़ गये। अचानक जलज नीचे गये और चाय की छन्नी लेकर आ गये, "आटे की छन्नी नहीं है तो लो इसी से काम चलाओ। इसके अतिरिक्त और उपाय ही क्या है?" जलज का प्यार देखकर पत्नी निहाल हो गयी। उसने चाय की छन्नी से चन्द्रमा का भी दर्शन किया और पति का भी।

गूढ़ रहस्य

महाविद्यालय में कुल बारह महिला प्राध्यापक थीं। पुरुष प्राध्यापकों की संख्या जरा सी ज्यादा थी। गिनती में वे कुल चौदह थे।

महाविद्यालय में एक महिला प्राध्यापक थीं, डॉ. शुभी। महाविद्यालय के सारे प्राध्याक उनसे खौफ़ खाते थे। पुरुष हों या महिला। डॉ. शुभी अक्सर किसी न किसी से भिड़ जाती थीं और जिससे भिड़ती थीं, उसका तिया-पाँचा कर डालती थीं। लोगों से झगड़ा करना उनका शगल था। झगड़ा करने के लिए कोई ढंग का या वाज़िब बहाना हो, यह जरूरी नहीं था। जैसे लोगों को भूख-प्यास लगती है, वैसे ही उन्हें झगड़ास लगती थी। झगड़ास लगने पर उनके सामने जो आया उसकी खटिया खड़ी।

महाविद्यालय में लोग लाख भाग लें, उनसे बच नहीं सकते थे। जिससे उनका झगड़ा होता था, वह चाह ले कि भविष्य में वह डॉ. शुभी से बात नहीं करेगा तो यह सम्भव नहीं था। डॉ. शुभी जिससे झगड़ा करती थीं, अगले दिन उससे माफी भी माँग लेती थीं। थोड़ी से ज्यादा, जितनी जरूरी हो। सामने वाला जब तक इस बात के लिए तैयार न हो जाए कि वह उनसे बातचीत बंद नहीं करेगा तब तक वे माफी माँगती थीं। कोई जरा सी माफी माँगने पर मान जाता था, कोई नखरा दिखाता था। लेकिन सामने वाले को अन्ततः अपना गुस्सा थूकना ही पड़ता था।

एक दिन एक प्राध्यापक दूसरे से पूछने लगे, “यार यह शुभी झगड़ा करती है, यह बात तो समझ में आती है। समझ में यह नहीं

आता कि अगले दिन यह माफी क्यों माँगने लगती है।'' दूसरे प्राध्यापक हँसने लगे, ''अगर वह माफी नहीं माँगेगी तो एक-एक करके सब इससे बोलना बंद कर देंगे। महाविद्यालय के सारे प्राध्यापक इससे बोलना बंद कर देंगे तो फिर आगे यह किसी से कैसे झगड़ा करेगी?''

कमाई वाहवाही साथ-साथ

प्रांशुल खाद्य निरीक्षण विभाग में जिले के सबसे बड़े अधिकारी थे। बहुत ही कमाऊ विभाग में अधिकारी थे, सो हमेशा बीसों अँगुलियाँ घी में और सिर कड़ाही में रहता था।

एक बार प्राशुंल ने शहर की पाँच सबसे नामी दुकानों पर अपनी पूरी टीम के साथ छापा मारा। मिठाई की दुकान में मिलावटी खोया पकड़ा गया, रोस्टोरेन्ट में बासी और सड़ी-गली सब्जियाँ पकड़ी गयीं, आइसक्रीम पार्लर में मिलावटी सामानों से बना आइसक्रीम पकड़ा गया, डेयरी में नकली दूध पकड़ा गया, बेकरी में फफूँद लगी ब्रेड पकड़ी गयी।

अगले दिन अखबारों के पहले पेज पर ही बड़ी सुर्खियों के साथ यह समाचार छपा। पकड़े गये दुकानवालों के मुँह पर कालिख पुत गयी। प्राशुंल की अखबारों और शहर में खूब तारीफ़ हुई। हर तरफ छापों और मिलावटी सामान की चर्चा।

प्रांशुल के पड़ोसी ने प्रांशुल को पकड़ लिय, "अरे भाई बधाई हो! आज तो अखबारों में आप ही छाये हुए हैं। बड़ा अच्छा काम किया आपने। इतनी नामी-गिरामी दुकानें भी मिलावट कर सकती हैं, हम लोग सोच भी नहीं सकते।"

प्रांशुल ठहाका लगाकर हँस पड़े, "जितनी ऊँची दुकान होती है, उतने ही फीके पकवान होते हैं। हमें सब कुछ पहले से ही पता होता है। मोटा पैसा बनाने का छापा हमारा अपना तरीका होता है। इतने छापे पड़ने की बात आप अखबारों में पढ़ते हैं, लेकिन कभी आपने यह भी पढ़ा कि मिलावट के आरोप में फलाँ दुकानदार जेल चला

गया या उसे सजा हो गयी? छापा पड़ने का अर्थ होता है कि बाकी दुकानदार सचेत हो जाएँ और फटाफट विभाग में तगड़ा चढ़ावा चढ़ा जाएँ। अखबारवालों को पता तक नहीं चलता कि कितनी होशियारी से हम उनका इस्तेमाल कर लेते हैं। वे हमारी वाह-वाह करते रहते हैं और इधर अखबारों के समाचारों से बाकी दुकानदारों तक हमारा संदेश पहुँच जाता है कि विभाग में तगड़ा चढ़ावा चढ़ाना है। हम बड़ी दुकानों पर ही छापा मारते हैं। इससे बाकी दुकानदारों तक हमारा यह संदेश पहुँच जाता है कि जब हम इतने बड़े लोगों को नाप सकते हैं तो बाकी की क्या बिसात है। जिनके यहाँ छापा पड़ता है, उनके मुँह पर कालिख तो पुतती ही है, उनसे अच्छा-खासा पैसा लेकर हम उनके मामले को रफा-दफा करते हैं।''

पड़ोसी बेचारे प्रांशुल का मुँह देखते रह गये। वे कह भी क्या सकते थे? वे स्कूटर वाले थे और प्रांशुल तीन कार वाले।

भौकाल के लिए फोटो

जगजीवन और सुमंत्र एक महाविद्यालय में प्राध्यापक थे। सुमंत्र नेतागिरी भी करते थे। वे एक बड़ी पार्टी में बहुत सक्रिय रहते थे। सक्रिय रूप से नेतागिरी करने के कारण पूरा शहर उनको जानता था।

जगजीवन की अपने महाविद्यालय के बाहर कोई पहचान नहीं थी और सुमंत्र को सब जानते थे। यह बात जगजीवन को बहुत अखरती थी। उन्हें सुमंत्र से बहुत जलन और चिढ़ हो गयी थी। वे हमेशा इस फिराक में रहते थे कि सुमंत्र को कितना बड़ा से बड़ा नुकसान पहुँचा दूँ। इस बात के प्रति भी वे सचेत रहते थे कि सुमंत्र को इसकी भनक न लगे। हमेशा अपने महाविद्यालय के प्राचार्य से अकेले में सुमंत्र की शिकायत ठोंकते रहते। प्राचार्य की सुमंत्र से पंगा लेने की हिम्मत नहीं थी। वे जगजीवन की शिकायत एक कान से सुनते और दूसरे से निकाल देते।

एक क्षेत्र ऐसा था, जहाँ जगजीवन सुमंत्र का बिगाड़ सकते थे। पूरे महाविद्यालय में कोई भी कार्यक्रम हो, फोटोग्राफी करवाने की जिम्मेदारी जगजीवन के ऊपर थी। वे महाविद्यालय में फोटोग्राफी के इंचार्ज थे। जब भी महाविद्यालय में कोई कार्यक्रम होता, वे फोटोग्राफर को सहेज देते, "पूरी कोशिश करना कि सुमंत्र किसी भी फोटो में न आने पायें। बहुत मजबूरी हो जाय तभी उन्हें कैमरे में कैद करना।" फोटोग्राफर को पैसा जगजीवन के माध्यम से ही मिलता था, अतः वह उनकी आज्ञा का पालन करता।

समय का खेल! सुमंत्र को विधायकी का टिकट मिल गया और वे जीत भी गये। प्रदेश में उनकी पार्टी की सरकार बन गयी। एक

प्रोफेसर होने के नाते सुमंत्र मंत्री बन गये।

जगजीवन ने एकदम से पल्टी मार ली। अब वे लोगों से घूम-घूमकर यह बताने लगे कि सुमंत्र तो मेरा लँगोटिया यार है। अपने दोस्तों-रिश्तेदारों, सबसे उनके साथ अपनी दोस्ती का बखान करने लगे। भौकाल को वजनी बनाने के लिए वे कॉलेज के सारे पुराने एलबलम पलटने लगे। कहीं सुमंत्र के साथ उनकी फोटो मिल जाय।

आश्चर्य! उन्हें सारे एलबम छान मारने के बावजूद एक भी ऐसी फोटो नहीं मिली, जिसमें वे और सुमंत्र साथ-साथ हों। वे झल्ला पड़े, "मैंने कभी सपने में भी नहीं सोचा था कि यह साला मंत्री बन जाएगा। पता होता तो ढेर सारी फोटो उसके साथ खिंचवा कर रख लेता।"

कूड़ेदान में कूड़ा

पति और पत्नी दोनों एकदम विपरीत स्वभाव के थे। पति पूरब तो पत्नी पश्चिम। पत्नी बहुत सफाई पसन्द थीं। पति को अस्त-व्यस्त रहने में मजा आता था। इससे बड़ी समस्या खड़ी हो जाया करती थी। पत्नी कमरे को, किचन को, ड्राइंग रूम को एकदम साफ-सुथरा रखती थीं। पतिदेव की शामत आ जाती थी।

पतिदेव ऑफिस से आते और अपना कोई जरूरी कागज ऐसे ही रख देते। वे कागज को कहीं सम्हालकर रखते, उससे पहले पत्नी कागज को फेंक चुकी होती थीं। इसलिए क्योंकि यूँ ही पड़ा कागज कमरे की शोभा बिगाड़ रहा होता।

एक दिन शाम को पतिदेव के ऑफिस में एक फैक्स आया। ज्यादातर कर्मचारी घर जा चुके थे। पतिदेव चूँकि बॉस थे, अतः उस विशेष कागज की प्रतीक्षा में बैठे हुए थे। फैक्स शासन से आया था। उसमें ऑफिस के उन कर्मचारियों का नाम था, जिनका यहाँ से स्थानान्तरण हो गया। उनका भी नाम था, जो बाहर से स्थानान्तरित होकर यहाँ आ रहे थे। फैक्स को उन्होंने सम्हालकर रख लिया और घर चल दिये।

पतिदेव ने घर आकर सोचा कि कागज को ऐसी जगह छुपाकर रखूँ, जहाँ पत्नी की नजर न पड़े। उन्होंने अपने बेड पर सिरहाने बिस्तर के नीचे, कागज को छुपाकर रख दिया। अब वे आश्वस्त हो गये। पत्नी की नज़र यहाँ नहीं पड़ेगी।

अगले दिन वे खा-पीकर ऑफिस जाने के लिए तैयार हुए। तैयार होने के बाद वे उस जरूरी फैक्स को जाकर अपने सिरहाने खोजने

लगे। कागज गायब। कुछ देर खोजने के बाद उन्होंने पत्नी से पूछा, "यहीं सिरहाने मैंने एक जरूरी कागज सम्हाल कर रखा था, कहाँ गया?" "जरूरी काग़ज़?" पत्नी ने चौंक कर कहा, "सुबह जब मैं बिस्तर झाड़ रही थी तो तुम्हारे सिरहाने एक काग़ज़ दबा हुआ था। मैंने सोचा कोई फालतू काग़ज़ है। मैंने उसे उठाकर कूड़ेदान में डाल दिया। अगर जरूरी काग़ज़ था तो कहीं सम्हालकर रखते। जरूरी काग़ज़ सिरहाने यूँ ही फेंक दिया जाता है?" "हे भगवान!" पति ने अपना सिर पकड़ लिया, "जल्दी बताओ तुम्हारा कूड़ेदान कहाँ रखा है?" "सुबह कूड़ा लेने वाला आया था। मैंने अपने कूड़ेदान का सारा कूड़ा उसकी ट्राली में डाल दिया।" पत्नी ने बताया।

कम्युनिस्ट का अन्तिम संस्कार

अमृतेश्वर जी हिन्दी के प्रख्यात साहित्यकार थे और वे दिवंगत हो गये। उनके घर पर शोक-संवेदना व्यक्त करने वालों की भीड़ लगी हुई थी। वे साहित्य में कम्युनिस्ट विचारधारा के कट्टर समर्थक थे, अतः कम्युनिस्ट विचारधारा के साहित्यकारों का विशेष जमावड़ा था। कम्युनिस्ट खेमे के शीर्षस्थ आलोचक जी शोक-संतप्त परिवार के प्रति अपनी सहानुभूति प्रकट करने के लिए विशेष रूप से पधारे थे, क्योंकि उनका धाकड़ अखाड़िया चेला अब इस दुनिया में उनका साथ देने के लिए नहीं रहा।

लोग अमृतेश्वर जी के मृत शरीर को अर्थी पर लादकर श्मशान घाट की ओर चल दिये। राम नाम सत्य है करते हुए। कम्युनिस्टों ने आलोचक जी को कोंचा, "कुछ गलत नहीं हो रहा है? अमृतेश्वर जी जैसे कम्युनिस्ट की देह को उठाकर लोग राम नाम बक रहे हैं!" आलोचक जी ने समझाया, "परिवार गमज़दा है! इस समय कुछ टोका-टाकी करना ठीक नहीं है। देख नहीं रहे हैं आप लोग कि उनकी अर्थी को कन्धा देते हुए उनका बेटा आगे-आगे चल रहा है। आप लोग पीछे-पीछे चलते रहिए। राम नाम सत्य है मत बोलिए।"

शव श्मशान घाट पहुँच गया। वहाँ दो महाब्राह्मणों के नेतृत्व में गंगा नदी के किनारे विधि-विधान से चिता बनने लगी। फिर शुरू हुआ अन्तिम संस्कार। पूरे विधि-विधान से। अमृतेश्वर जी का पुत्र मुखाग्नि देने के लिए खड़ा था। कम्युनिस्टों ने फिर आलोचक जी को कोंचा, "मान्यवर यह तो अनर्थ होने जा रहा है। अमृतेश्वर जी जैसे कट्टर कम्युनिस्ट का अन्तिम संस्कार धार्मिक रीति-रिवाज के अनुसार होने

जा रहा। आप जैसा प्रकाण्ड कम्युनिस्ट यह सब खड़े-खड़े देख रहा है? ऐसे तो सब कम्युनिस्ट बिगड़ जाएँगे।''

आलोचक जी को ताव आ गया। सबके सामने उनकी चड्ढी-बनियान उतरी जा रही थी। वे तनतनाते हुए अमृतेश्वर जी के पुत्र के पास पहुँच गये, ''यह सब क्या कर रहो हो तुम? जानते नहीं अमृतेश्वर जी कट्टर कम्युनिस्ट थे। वे धर्म-कर्म नहीं मानते थे। तुम धार्मिक रीति से कैसे उनका अन्तिम संस्कार कर सकते हो?'' ''मैं क्या करूँ चाचाजी? पिताजी की यही अन्तिम इच्छा थी।'' पुत्र ने बड़ी विनम्रता से कहा। आलोचक जी लाल-पीले होने लगे, ''तुम झूठ बोल रहे हो। अमृतेश्वर की ऐसी बेवकूफी भरी अंतिम इच्छा हो ही नहीं सकती।'' पुत्र बोला, ''मरने के एक दिन पहले उन्होंने मुझसे कहा था कि बेटा मैं एक बड़ा साहित्यकार बनना चाहता था, इसलिए मैं कम्युनिस्ट बन गया। अगर मैं कम्युनिस्ट न बनता तो कम्युनिस्ट लोग मुझे साहित्यकार ही न मानते और अगर कम्युनिस्ट लोग मुझे साहित्यकार न मानते तो मैं साहित्यकार ही न माना जाता। वास्तविकता यह है कि मन से मैं कभी कम्युनिस्ट-वम्युनिस्ट नहीं रहा। मरने के बाद मेरा अन्तिम संस्कार धार्मिक रीति से पूरे विधि-विधान से करना, अन्यथा मरने के बाद मेरी आत्मा भटकती रहेगी।'' आलोचक जी भड़क गये, ''अमृतेश्वर की इतनी हिम्मत? जीते जी वह बेवकूफ बनाता रहा मुझे? हम लोगों को बरगलाता रहा? कोई बात नहीं। मैंने हिन्दी साहित्य का जो इतिहास लिखा है, उसके अगले संस्करण में उसका नाम हटा दूँगा। मटियामेट कर दूँगा उसे। उसने समझा क्या अपने आपको?''

अज़ब तरकीब

विक्रम पर कुल बारह सवारियाँ बैठी थीं। ड्राइवर वाली सीट पर चार सवारियाँ, पीछे आमने-सामने की सीटों पर चार-चार सवारियाँ। पीछे की सीट पर एक जोड़ा प्रेमी-प्रेमिका ऐसी हरकतें कर रहे थे कि बाकी सवारियाँ शर्मसार हो रही थीं।

लड़की लड़के की पीठ पर कसकर अपना एक स्तन दबाती और खिलखिलाने लगती थी। लड़का कभी लड़की का गाल नोच लेता, कभी उसके होठों को चूम लेता, कभी उसकी नाक पकड़ लेता। लोक भौंचक्के थे कि दोनों इस तरह सार्वजनिक रूप से प्रेम प्रदर्शन कर रहे हैं। लाज-शर्म सब धोकर पी गये हैं।

अन्ततः विक्रम में बैठे एक व्यक्ति से नहीं रहा गया। उसने लड़की से कहा, "तुम मेरा नाम जानती हो? तुम्हें पता है कि मैं कौन हूँ?" लड़की ने उसे जोर से घूरा। उसने इनकार में सिर हिलाया। आदमी बोला, "तुम दोनों जो हरकतें कर रहे हो, उससे मैं बहुत उत्तेजित हो गया हूँ। मैं भी तुम्हारे साथ वही सब करूँगा, जो यह लड़का कर रहा है। चूँकि तुम लोग मुझे नहीं जानते हो, अतः तुम्हें नहीं पता है कि किसके खिलाफ़ शिकायत की जाय। तुम्हारे साथ मस्ती करके मैं भाग निकलूँगा।"

प्रेमी युगल डर गये। विक्रम रुकवाकर वे उतर गये और जल्दी से भाग खड़े हुए। बाकी सारी सवारियों ने राहत की साँस ली।

सारनाथ

चन्दन यादव की उम्र थी, पैंतीस साल। राजनीति के मँजे हुए खिलाड़ी थे। बदलापुर क्षेत्र से वे लगातार दो बार से विधायक थे और इस समय प्रदेश सरकार में राज्य मंत्री थे।

चन्दन बदलापुर क्षेत्र के नहीं थे। पार्टी हाईकमान के आदेश पर उन्होंने बदलापुर से चुनाव लड़ा और अपनी मेहनत के बल पर जीत गये। फिर तो उन्होंने बदलापुर को अपनी कर्मभूमि बना लिया। क्षेत्र में इतना काम करवाया और लोगों की इतनी व्यक्तिगत समस्याएँ हल कीं कि वे बहुत लोकप्रिय हो गये। वे बहुत मिलनसार थे और क्षेत्र के लोग आसानी से उन तक पहुँच सकते थे। क्षेत्र में एक व्यक्ति थे, रघुनन्दन। रघुनन्दन चन्दन यादव के बहुत विश्वस्त और खास बन गये थे। एक ढंग से वे चन्दन यादव के आँख और कान का काम करते थे।

बदलापुर क्षेत्र के ही एक घर में चन्दन यादव की शादी तय हो गयी। रघुनन्दन ने बहुत शानदार व्यवस्था करवायी। खूब धूमधाम से शादी हुई। अब बदलापुर चंदन यादव की ससुराल हो गयी। बदलापुर में रहने के लिए चन्दन को एक स्थायी ठिकाना मिल गया। इसके पहले वे रघुनन्दन के यहाँ रुकते थे। अब अपनी ससुराल में रुकने लगे।

कुछ साल बाद फिर विधानसभा का चुनाव आ गया। चन्दन यादव चुनाव की तैयारियों में लग गये। अबकी बार उनकी ससुरालवाले भी जी-जान से चन्दन के समर्थन में जुट गये। धीरे-धीरे चुनावी मौसम जोर पकड़ने लगा और माहौल में चुनावी गर्माहट घुलने लगी।

एक दिन चन्दन ने रघुनन्दन से पूछा, "इस बार के चुनाव के बारे में तुम्हारा क्या आकलन है?" रघुनन्दन बोले, "छपरा से दुर्ग

तक एक रेलगाड़ी चलती है। नाम है, सारनाथ एक्सप्रेस। इस बार आपकी कुंडली में उसी सारनाथ एक्सप्रेस की छाया पड़ रही है। आप चुनाव बुरी तरह हारेंगे।" चन्दन को बड़ा क्रोध आया, "तुम्हारे कहने का मतलब क्या है? साफ-साफ बताओ।" "साफ-साफ मैं चुनाव के बाद बताऊँगा। अभी बताऊँगा तो आपको बहुत बुरा लगेगा।" चन्दन खून का घूँट पीकर रह गये। ऐन चुनाव के वक्त रघुनन्दन से दुर्व्यवहार करना राजनीतिक दृष्टि से उचित नहीं था।

चुनाव का परिणाम आया। चन्दन की पार्टी हारकार प्रदेश की सत्ता से बाहर हो गयी। चन्दन बहुत बुरी तरह चुनाव हारे। चन्दन अपनी हार का कारण समझ नहीं पा रहे थे।

एक दिन चन्दन रघुनन्दन से पूछने लगे, "यार, मैं इतनी बुरी तरह कैसे हार गया?" रघुनन्दन बोले, "ऐसा है नेता जी, जिस घर में सारनाथ एक्सप्रेस दौड़ने लगती है, उस घर का इसी तरह बंटाढार होता है। आपके घर में भी सारनाथ एक्सप्रेस बहुत तेजी से दौड़ रही थी।" चन्दन झल्ला गये, "पहेलियाँ न बुझाओ! साफ-साफ बताओ!" रघुनन्दन ने कहा, "सारनाथ अर्थात् साले साहब! सारनाथ एक्सप्रेस ने धृतराष्ट्र के घर में दौड़कर महाभारत का युद्ध करवा दिया था। अपने इकलौते साले प्रशांत के कारण आप चुनाव हारे। पूरे क्षेत्र में किसी को चढ़ाना, किसी को गिराना, किसी को धौंस देना, किसी को अर्दब में लेना; यही सब कर रहे थे आपके साले साहब। हम लोग भी किनारे लगा दिये गये थे। आपके साले साहब जिसको चाहते थे, वही आपसे मिल पाता था...आपको चुनाव तो हारना ही था।" चन्दन भले चुनाव हार गये थे, लेकिन अपने सारनाथ की बुराई सुनकर उनको अच्छा नहीं लगा।

❑❑